「大丈夫。きっと上手くいく」
「え……？」
友人に500円貸したら借金のカタに妹をよこしてきた
のだけれど、俺は一体どうすればいいんだろう
5

（こっちって……）

疑念はすぐに確信に変わる。
毎年この時期になると観光客だって訪れる、
有名なイルミネーションスポットだ。
街道一面の木々に括り付けられた灯りが
まるで昼だと錯覚させるくらい眩く輝く。
月並みだけれど、まるで銀河が目の前にあるような、
そんな雰囲気だ。

永遠に続いて欲しい
幸せな時間。
今日だけじゃない。
ずっと、
いつまでも続いて欲しい。
だから――
「それじゃあ、撮りますね！」

友人に500円貸したら借金のカタに妹をよこしてきたのだけれど、俺は一体どうすればいいんだろう5

としぞう

FB
ファミ通文庫

I lent 500 yen to a friend,
his sister came to my house
instead of borrowing.
what should I do?

イラスト　雪子

CONTENTS

第1話　冬の訪れを感じる話

夏が終わり、ほんの少しの、来たのかも分からない秋を経《へ》て、冬が訪れていた。

大学の図書館から出ると同時に吐いた溜息《ためいき》は薄《うっす》ら白く色づいている。

十八時にもなれば外はもう真《ま》っ暗《くら》で、妙な脱力感を覚えてしまう。

太陽の光を浴び足りないせいか、それとも下ろしたばかりの分厚いコートが重たくまだ慣れないからか。

俺はまだ、この重たい冬に、どこか馴染《なじ》めずにいる。

大学生になって、一人暮らしを始めてから初めての冬は、想像していたよりもずっと慌ただしかった。

まず学業は、年明けに必修科目の試験やレポートの提出が固まっているため、今のうちから準備を始めないと間に合わない。というか、後で絶対苦労する。

それと、後期が始まる前に決めたバイト増量も、

——はぁ？　他と掛《か》け持《も》ち？　そんなんだったら、ウチにがんっがん入れてあげるわよ！　ね、お父さん！

そんな結愛《ゆあ》さんの鶴《つる》の一声で、『結《むす》び』に今までより多く入れてもらえることとなった。

というのも、寒い時期は夜も喫茶店需要が増える見込みとのことで、試験的に今年からディナータイムも店を開けてみることにしたらしい。

おかげで、講義で遅くなってからもバイトに出られるようになり、経済的にはかなり助かっている。

……けれど、おかげでどうにも息をつく暇《ひま》が中々取れなくなっていた。

基本的には常に何かをしている。家に帰ってもシャワーと睡眠、空《あ》いた時間があれば勉強。

受験生だった去年の、ただただ勉強、勉強、勉強だった日常に比べればバラエティに富んでいてマシではあるけれど。

（受験、か……）

今まさに、そんな受験戦争の渦中《かちゅう》にいる女の子の姿が頭に浮かぶ。

宮前朱莉《みやまえあかり》。

俺の友人、宮前昴《すばる》の妹であり、この夏から付き合うことになった俺の彼女だ。

といっても、今年の八月末に付き合い始めたばかりで、九月末に会ったのが最後と、交際期間のほとんどを遠距離恋愛で過《す》ごしている。

ただ……付き合うきっかけになった夏休みの生活が濃すぎたばかりに、未《いま》だ、彼女が傍《そば》にいないことに慣れないというか……寂《さび》しく感じてしまう。

「待つって、誓ったのになぁ……」

彼女、朱莉ちゃんはとても優秀な子で、受験戦争の渦中にあると言っても、去年の俺とはまったく状況が違う。

よほどのことがなければ、彼女は余裕で入試を飛び越え、来年の四月にはこの政央学《せいおうがく》院《いん》大学に入学してくるだろう。

だから、この遠距離恋愛もほんの数ヶ月だけの話。

ちょっと我慢すればいいだけだというのに、俺はどうにも、寂しさを感じてしまう。

十月から四月まで、たったの半年。けれど、十二月末で丁度折り返しだからまだ半分も過ぎてない。

ついこの間まで、彼女いない歴＝年齢で、別に急いで彼女を作らなくても……とさえ思っていた俺がこんな気持ちになるなんて、それこそ、夏前の俺が聞いても信じなかっただろうな。

　時間が空くと、朱莉ちゃんのことを考えてしまう。

　けれど、自分本位に連絡なんてしてしまえば、受験に向けた集中を切ってしまうかもしれない。いくら合格確実と信じていても、たった一度の試験をしくじれば不合格になってしまう。

　だから、俺から甘えるわけにはいかない。

「……よし。すぐ帰って晩ご飯の用意と、試験勉強するか！　っと、その前にスーパー寄らないとな」

　俺は声に出しつつ、駆け足で大学を後にする。

　もやもやとした気持ちを吹き飛ばすには何かに打ち込むのが一番だ。

　朱莉ちゃんが来るまでほとんどやってこなかった自炊も、最近はちょくちょく手を出すようになった。

　やっぱり洗い物はかったるく思ったりしなくもないけれど、慣れてくるとなんだか、汚れが落ちるのに爽快感みたいなものを感じるようになって、ちょっと楽しくもある。

　もちろん、料理の腕もその他家事諸々《もろもろ》も、朱莉ちゃんと比べれば全然駄目で、初心者レベルだけど。

でも、彼女と過ごした日々が俺にも確かに影響を与えていて、それが日常に彩りを加えてくれている。

それが家事ほど劇的な変化でなくても嬉《うれ》しくて、でもやっぱり寂しくもあって……ああ、やっぱりもやもやしてしまう！

そんなこんなで、彼女いる歴＝三ヶ月と少し、かつ遠距離恋愛歴＝二ヶ月と少しの俺は、自分の中の感情に振り回されながらも、なんとか日々の生活を送っていた。

改めて、今日は十二月三日。もうまもなく年末——よりも先に、『クリスマス』がやってくる。

俺にとっては初めての、彼女がいる状態で迎えるこの特別な一日を一体どう過ごすべきか……。

残念ながら、まだ、答えは出ていなかった。

◇◇◇

「はぁ……」

「こらっ！」

パシン、と後頭部で軽快な音が鳴る。

俺の溜息に反応し、結愛さんが引《ひ》っ叩《ぱた》いてきたからだ。

「もう、今日何度目よ。その辛気《しんき》くさ～い溜息」

「う、ごめんなさい」

「仕事中って自覚持ちなさいよね。ま、今はお客さんいないからいいけど」

結愛さんはそう言うと、持っていたモップを俺に押しつけ、どかっと椅子に座った。

「ぼーっとしてた罰。後はよろしく～♪」

「……了解です」

俺は言い返せず、素直にモップ掛けを始めた。

時刻は夜の二十一時。ディナータイムも終わり、お客さんも全員帰り、現在は掃除タイムだ。

ここ最近はほぼ毎日、この時間までバイトに入らせてもらっている。

当然、長く働けばその分バイト代が貰《もら》えるというのもあるし、他にも――

「ほーら、ちゃきちゃきやんないと、賄《まかな》い食べる時間なくなるわよ？」

「っ！　ちゃ、ちゃんとやるから！」

「あら、顔色変えちゃって。そんなにお姉さんのご飯が食べたいんか～？」

ニヤニヤと茶化してくる結愛さんだけれど、実際のところ、そうだ。

結愛さんの作る賄い。これまでも休日とか、昼を跨《また》ぐ勤務をするときは食べさせてもらっていたし、新メニュー考案のときにはまだ実験段階の料理を食べさせられもした。

けれど、最近こうして夜まで働いて、勤務終わりに賄いを食べさせてもらうようになって……俺は、感動した。

結愛さん、めちゃくちゃ料理が上手い‼　上手いし、美味《うま》い！　ダブルミーニング‼

改めて味わってみれば、朱莉ちゃんの料理とはちょっとベクトルが違う。

朱莉ちゃんの料理が家庭的な温かさがあるものなら、結愛さんの料理はレストランで出てくるような気品みたいなものを感じさせる。

元々天才肌なこの従姉《いとこ》は、何かの片手間で調理師免許も取得したらしく、実際にプロの料理人と言って間違いではないと思うのだけど、にしたって、身近にこんな人がいるなんてちょっと感動ものだ。

「そっかそっかぁ。じゃあお姉さんもお姉さんらしく、今日の賄いはちょっと豪華にしてあげようかしら？」

「いや、普通でいいよ」

「遠慮しなくていいわよ。アタシもなんだか気分良いし～？」

「いや、いつも通りの普通の感じでいいから。むしろ、積極的にいつもの感じでお願いします」

「むむっ。せっかく豪華にしてあげるって言ってるのに、絶妙にやる気削《そ》ぐなぁ、このばか従弟《いとこ》は！」

「いたっ⁉」

ぺしっと頭を叩《たた》かれた。ちょっと理不尽じゃないだろうか。

正直、結愛さんが腕によりをかけた豪華な料理とやらも気にならないと言えば嘘《うそ》になる。

でも、本当にそんなのをご馳走《ちそう》になるなら、ちゃんとお金を払うべきだと思うし、それに、賄いだから良いこともある。

賄いというのは、その日の余った食材や、傷んできた食材を使って、即興で作り出すものだ。

結愛さんは賄いでも手を抜いたりしないので、料理の中に彼女の培《つちか》ってきた経験や知識がふんだんに盛り込まれていて、正直、「本当に賄いか？」って思うくらいには美味い。

それでいてキッチンに入ってから十分程度で作り上げるのだから、俺からしたらもう神業《かみわざ》の域《いき》だ。

……なんて、こんな風に感じるようになったのは、俺がここ最近、ちゃんと自炊をするようになったからだろう。

自分が手を出すようになって、少し知識をつけてようやく、彼女らのやっていることがどれだけ凄《すご》いか小指の先程度でも分かるようになってきた。

もちろん、その領域を目指しているわけじゃないけれど……。

「まーた、手ぇ止まってる」

「うっ、ご、ごめんっ！」

また物思いに耽《ふけ》って怒られてしまった。

二回目なので、思い切り尻を引っ叩かれ……俺はもう怒られないようにと、とにもかくにも急いで掃除を終わらせるのだった。

◇◇◇

それから十数分後、掃除が終わると同時に、いつの間にかキッチンに引っ込んでいた結愛さんが、カウンターに賄いを並べてくれた。

ほくほくとしたいい匂い……！

「はーい、今日の賄い！　じゃがいもたっぷりのラザニアね」

「おお……！」

ラザニアとは平打ちパスタの一種。そして、それを使ったパスタ料理もまた、ラザニアと呼ばれる。

分類的にはイタリア料理で、ミートソースやその他具材をラザニアでミルフィーユ状に重ねたもので……なんて、聞きかじった知識でしかないけれど。

ラザニアは喫茶『結び』でも冬期限定メニューとして提供しており、ホール担当（たまにデリバリー担当）としては、当然基本知識は頭に入れている。

「あ、伯父《おじ》さん達は？」

「二人はもう上行ったわよ。誰かさんがダラダラ掃除してるもんだから、既《すで》に二人でラブラブ～な晩酌《ばんしやく》でもしてるんじゃない」

「う……ごめんなさい」

「別に良いわよ。アタシでも店閉めれるし。ていうか、この年で両親にラブラブされてても気まずいだけだし」

結愛さんはしかめっ面《つら》で、肩をすくめた。

「そういえば、今日の伯父さん、随分と上機嫌だったな」

「なんでも最近、ママの仕事がかなり順調で、帰りが早くなるんだって。だからアタシも暫《しばら》くサビ残するつもり」

どうやら結愛さんは、二人の晩酌に鉢合《はちあ》わせしないよう、ここで時間を潰していく算段らしい。

結愛さんはささっとキッチンに入ると、すぐに取り皿を二人分と、缶ビールを一缶持って帰ってきた。

確かにラザニアは、一人分にしてはかなり大きめな耐熱皿に入っていると思っていたけれど、二人分だったみたいだ。

「俺、よそうよ」

「あんがと」

結愛さんはラザニアを取り分ける俺の隣に座り、缶ビールを開ける。

カシュッという小気味よい音を立て、そのままの勢いでグビグビとビールを呷《あお》る結愛さん。まるでＣＭみたいだ。

「ぷはーっ！　なんやかんやでやっぱり仕事終わりはビールよね！」

「同意を求められても……」

「ったく、アンタも早く飲めるようになりなさいよね。まぁ、四月生まれだからそう遠い未来じゃないけど」

「あはは……そうなったらたっぷり飲まされそうだな」

「そりゃあもちろん。限界を知っておくのも大事だし♪」

にしし、と歯を見せて笑う結愛さん。

「大丈夫、安心して潰れてオッケーよん。その時にはアタシも両親もいるし、それに……朱莉ちゃんもいるだろうし」

「余計《よけい》潰れられないだろ、それ！」

大学入ったばかりの朱莉ちゃんに、大人の世界の闇を見せつけるのはさすがに酷《ひど》い。

もちろん、酔い潰れた姿を見せるのが恥ずかしいっていうのもあるけど。

ただ、そんなことをバカ正直に言えば、いじられるのは確実。

俺は話題を切り替えるためにも、ラザニアを取り分けた小皿を結愛さんに突き出した。

「ほら、結愛さんの分。話してたら冷めちゃうから」

「どうも～」

「それじゃ俺も。いただきます」

実際、さっきから漂ってきている芳醇《ほうじゅん》な香りはかなり気になっていた。

俺は手を合わせ、早速ラザニアを一口食べる。

「ん……！」

繰り返すが、このラザニアは冬期限定でお客さんに提供しているメニュー。人気は中々のものだけれど、俺はこれを食べたことはなかった。

通常、提供しているメニューのほとんどは、一度食べさせてもらっている。でもラザニアは巡り合わせが悪かったというか、タイミングがなかったというか……一度も口にしたことがなかった。

もちろん、このラザニアはあくまで賄い。お客さんに出しているものとはまったく違うとは思うけれど——

「美味いっ！」

ミートソースの酸味と旨味《うまみ》が疲れた体に染み込んでいく。

細かくスライスされたじゃがいものほくほく感は実に口当たりが良く、もちっとしたパスタ生地との相性も抜群だ。

働き終わって疲れた体には、この甘さが染みる。

陸上部の練習後に飲むスポーツドリンクの美味さに似た感じだろうか。体が欲して欲して、スプーンが止まらない！

「んふふ、そりゃあアタシの料理なんだから美味いでしょうが」

結愛さんもそんな俺の反応を見て、ご満悦《まんえつ》そうに笑う。

「お酒を飲めるようになると、もっと美味《おい》しくなるわよ。ワインとか良い感じに合うし」

「へぇ」

これがもっと美味しくなると言われると、お酒にも興味が湧《わ》いてくる。

「……でも、結愛さんが飲んでるのビールじゃん」

「あっはっはっ！　アタシはなんでもいいからねー！　ビールでもワインでも！　ソムリエじゃないんだしっ！」

俺からの指摘を豪快な笑い声で受け流す結愛さん。

そして、さらに二本目の缶ビールを開けて、ぐびっと呷る。

「あ、そういえばアンタ、ちゃんと朱莉ちゃんとは連絡取ってる？」

「え」

「ここ最近の溜息、どんどん増えてきてるし、ホームシックならぬ、ガールフレンドシックってところなんじゃない？」

「う……、やっぱりバレてるのか」

散々心の内を言い当てられてきたのだ。今更驚きはないけれど、多少なりともショックではある。

「当然でしょ。アンタが分かりやすいのもそうだけど、彼女ができたばかりの男子なんて、大体そんなもんよ」

どやっと胸を張る結愛さん。

「それに、アンタは付き合ってわりとすぐ遠距離恋愛でしょ？　その直前まで濃密な同《どう》棲《せい》生活してたわけだし、余計そうよねぇ」

「の、濃密な同棲⁉」

なんか、言い方がすごくイヤらしい感じが……⁉

「い、言っておくけど、変なことはしてないからな⁉」

「それ何度も聞いたけど、何度も言われる分、余計疑わしくなるのよね～？」

「うぐぅ……！」

「なんて、一緒に住んでた頃は明らかにそんな段階じゃなかったし、疑う余地もないけど」

結局最初から答えは出ていて、俺はただただからかわれただけだった。

こんなやりとり、みのりともした気がする。

からかわれてるのか、釘《くぎ》を刺《さ》されているのか、それか甲斐性《かいしょう》のない男だと呆《あき》れられているのか……なんだか落ち込む。

でも、それが現実だ。俺は彼女らの言う通り、どうしようもないくらい鈍感《どんかん》で、朱莉ちゃんの気持ちにだってずっと気づけなかった。

もしかしたら今、この瞬間にも何かを見落としているかもしれない。

自炊と同じで、経験してみないと分からないことなんかたくさんあるんだ。

「………………」

「なによ、じーっと見つめてきて」

結愛さんは自称、経験豊富だ。

いや、自称じゃ留《とど》まらず、実際にそうなんだろう。

恋愛の酸《す》いも甘いも身を以《もっ》て体験し、だからこそ俺の浅はかな悩みなんて簡単に見破ってしまう。

だったら——

「あのさ、結愛さん。相談というか、意見を聞きたいことがあって……」

「えっ、アンタが相談？　珍し～」

「そ、そんなことないよ」

そう咄嗟《とっさ》に否定しつつも、内心「確かに」なんて思う。

結愛さんに相談するなんて、飢《う》えたライオンの群れに全裸で飛び込むようなもの。茶化され、イジられ、オモチャにされた経験は数知れず。いつからだろう、中学生くらい？　それくらいから、俺は彼女に真面目《まじめ》な相談は控えるようになった。けれど、今は、俺一人じゃとても解決できそうにないし……それに時間もない。

「その、さ。もうすぐクリスマスでしょ」

「ええ」

「それと……もしかしたら結愛さんは知っているかもしれないけれど、朱莉ちゃんの誕生日もそこなんだ」

「え、そうなの？」

「うん。十二月二十四日」

昴にほんのり軽蔑《けいべつ》されつつも聞き出した朱莉ちゃんの誕生日。

それは、クリスマス前日……クリスマスイブと呼ばれる日だった。

「なんだか、良いことなのか悪いことなのか分からないわね。お祝いはいつもクリスマスとセットになりそうで」

「それは確かに」

プレゼントは二つ貰えても、ケーキはひとつだけとかありそう……って、ちょっと話題がズレちゃうな。

「まあ、そんな二重にめでたい日なんだ。俺も……か、彼氏として、お祝いしたいんだけど」

「うんうん」

「……いいのかなって」

「はぇ？」

結愛さんが間抜けな声を出した。

というか、「こいつ何言ってんだ」って疑うような感じだ。

「そんなの祝えばいいじゃない。ていうか、絶対祝うべき！」

「……でもさ、朱莉ちゃんは受験生でしょ」

「それはまぁ、そうね？」

「俺、これまで色々な朱莉ちゃんを見てきたんだ。彼女はしっかり者で、芯があって、真面目で、可愛《かわい》くて……」

「何よ、のろけ？」

「そ、そんなんじゃないって!!」

うぐ……つい、言わなくていい余計なことまで言ってしまった。

会いたい。その気持ちは、俺が思っていたよりずっと強いみたいだ。

けれど、

「俺は、朱莉ちゃんの弱さも知ってる。結構流されがちというか。メンタルにかなり左右されてしまって」

やはり思い出してしまうのは、夏の終わり、模試の結果が悪かったと落ち込む彼女の姿だ。

結果的に、俺やみのりから見れば、悪いと言うほどでもなかったのだけど……それでも、電話を貰ったときのあの沈《しず》みに沈みきった声は頭に強く焼き付いている。

「落ち込ませるだけじゃなくて、嬉しい気持ちでもそれでいっぱいになって、他のことが手につかなくなっちゃう子なんだ。きっと、クリスマスも誕生日も、お祝いをすれば喜んでくれると思う。けれど、大事な時期に気持ちを切らせるわけにはいかない」

「そうね。でも、お祝いしなかったらそれはそれで……」

「うん。もしも朱莉ちゃんが期待していたら、落ち込ませてしまうかもしれない……」

どちらかしか選べない。

だったら喜んでもらう方が良いとも思うけれど、そんな単純に決めていい話じゃない。

「考えすぎとか、もっと信用してあげたらとも思うけど……アンタ、受験期相当ナーバスだったらしいし、そう考えるのも仕方ないか」

結愛さんは呆れ半分、同情半分といった感じの溜息を吐《つ》く。

いや、まぁ、確かに受験直前は相当追い詰められてはいたけれど、その理由は外的要因が大きいというか……まぁ、いいや。

「朱莉ちゃんがメンタル弱いってのも間違いじゃないだろうしねぇ……」

そう呟《つぶや》き、結愛さんは目を閉じる。

きっと、この喫茶店に遊びに来ていた彼女の姿を思い出しているんだろう。

「求《もとむ》はどうしたいのよ？」

「俺？」

「どっちを選んでも間違いかもしれない。だったらアンタの気持ちを優先したら？」

「俺は……当然、お祝いしたい。でも、それって自分本位すぎるんじゃないかって気もして……ああ、気持ちが行ったり来たりするんだ！」

もう何度目だろうか。このことを考えて、頭を抱えるのは。

お祝いはしたい。最悪、クリスマスは次を待てても、十八歳の誕生日も付き合って最初の誕生日も一度だけだし、知っててスルーしたなんてなれば後で後悔する気がする。

でも、朱莉ちゃんには待つって言った。朱莉ちゃんは今、それを信じて受験に備えているはず。俺だけが浮かれて彼女を振り回すのは絶対ダメだ。

「ああ、どうしよう……」

「そんなに悩むなら、朱莉ちゃん本人に聞けばいいんじゃない？」

「そ、それはダメだ！」

「どうしてよ？　朱莉ちゃん本人のことでもあるんだし。それに今時、一方的に自分の意見を押しつけるのはハラスメントとか言われちゃう時代なのよ？」

結愛さんの意見はもっともだ。そしてたぶん、一番正しい。

何度も考えた。朱莉ちゃんの意見を尊重した方が良いって。

「でも……これについては、自分で決めたいんだ」

「それが独りよがりだったとしても？」

「うん」

俺ははっきりと頷《うなず》いた。

迷ってばかりだけれど、これだけはもう決めていた。

「朱莉ちゃんはずっと俺の手を引っ張ってきてくれたんだ」

それは結愛さんに向けてではなく、ほとんど独り言だった。

俺は手元に視線を落としつつ、自分の頭の中を整理するように、言葉を吐き出す。

「朱莉ちゃんの方から俺の家に来てくれた。戸惑うばかりの俺の手を彼女は引いて、怖《お》じ気《け》づく背中を押してくれた。九月もそうだ。実家に帰って、そこに彼女が遊びに来てくれて。海も、花火大会も、文化祭も……連れて行ってくれたのは朱莉ちゃんだった」

俺はただただ受け身だった。

変に大人ぶって、笑顔で駆け回る彼女をただ眺《なが》めるだけ。

けれど、朱莉ちゃんが元々アグレッシブで、自分からガンガン攻めるタイプかと言えば、たぶん違う。

——ご……ごめんなさいっ！

思い出すのは、花火大会に一緒に行った日。

打ち上げ花火が上がる中、俺から逃げるように走っていったあの小さな背中だ。

(彼女は決して、そういう性格なわけじゃない。勇気を振り絞って、俺を引っ張ってくれていたんだ)

彼女の気持ちが、思いが伝わるから、楽な方へ流れるわけにはいかない。

「俺も彼女のために考えて、俺が考えた一番を、彼女のためにしてあげたいんだ。だから、相談しても、最後の答えは俺が出せるようにしたい……」

……って、は、話し過ぎたかもしれない。

こんなこと、結愛さん相手に言うなんて……絶対からかわれる！

俺はなんだか面映《おもは》ゆくなって、顔を上げられずじっと固まってしまう。

「……そっか」

そんな俺に、結愛さんが向けてきたのは、からかいの言葉じゃなかった。

想像していたよりずっと優しく、かつて俺が慕《した》った優しい姉の温かさがそこにはあった。

「求も大きくなったのね」

そう言って、結愛さんは俺の頭を優しく撫《な》でる。

やっぱりからかわれているのかもしれない。大学生にもなった男子の頭を撫でるなんて。

……でも、なぜか振り払う気にはならなかった。

「だったら、じっくり考えてみなさい。アタシから言えるのはひとつだけ。きっと、求が真剣に考えて出した答えなら、それがどんな内容でも朱莉ちゃんは受け入れてくれる筈《はず》よ」

教え込むように、慰《なぐさ》めるように、結愛さんは優しく語りかけてくれる。

そして、その言葉はしっかりと俺の中に染みていく。

「結愛さん……」

「じゃなかったら、朱莉ちゃんには悪いけど、求はまだまだあげられないかなーって」

「俺、結愛さんの所持品かよ」

「ううん、可愛いカワイイ従弟《おとうと》よ」

結愛さんはそう言って、俺の頭を軽く叩きつつ、にしっと歯を見せて笑った。

第2話 友人がなぜか落ち込んでいる話

次の日の朝、一限の講義に出るために大学の教室へ行くと、珍しく既《すで》に昴の姿があった。

前期、後期含めて同じ講義を受けているけれど、いつもギリギリに来るのに。

「よ、おはよう」

俺の方から朝の挨拶《あいさつ》をすることに、変な違和感を覚えつつ、昴の隣に座る。

そして教科書を出しつつ、横に目を向け——俺は思わず声をあげそうになった。

「お、お前、顔色悪いぞ?」

「ん……お、おう。求《もとむ》か」

目元には隈《くま》。頬《ほお》はげっそりと痩《こ》けた感じ……なんか、漫画みたいに分かりやすくグロッキーになってるな。

「……昴《すばる》?」

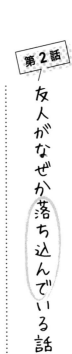

「いやぁ、ちょっと色々あってな」

「そうか。お大事に」

昴の様子も若干《じゃっかん》気になったけれど、まあいいや。

すぐに講義が始まるし、今はそちらに集中しよう。

「って、聞けよ⁉　親友がこんなに落ち込んでるんだぞ⁉」

「いや、だって講義始まるし」

「講義と俺、どっちが大事なんだよ⁉」

「今は講義かな。期末のレポート課題も今日発表されるみたいだし」

「ぐぬぬ……！　それは俺にとっても大事だ……‼」

昴は悔《くや》しげに唸《うな》りつつも、やっぱり単位は大事なのか講義を受ける準備を始めた。

大学の講義は基本的に、出席点＋期末の試験なりレポートなりで、単位が貰《もら》えるかどうかが決まる。

まぁ、何度かレポートが出されたり、授業のたびにリアクションペーパーと呼ばれる紙に感想なり課題なりを書いて、それが採点されているパターンもあるけれど……とにかく、ちゃんと講義に出席して、課題をこなせば単位は貰えるってことだ。

俺は基本的に体調不良などの理由がなければ欠席しないけれど、昴は割とその時の気分で休んだりする。その出席率は基本ギリギリの七割程度。試験やレポートでは、俺よりも高い点を取らなければ単位を落としかねない状況だ。

(体調は悪そうだけど、講義に来てる分危機感はちゃんとあるみたいだな)

高校からずっと一緒にいる友達が、単位を落としまくって卒業できないなんてさすがに嫌だし、怠惰《たいだ》な面は肯定できないにしても、俺なりに助けられるのなら助けたい。

(……でも、昴が単位どうこうでここまで自分を追い込んだりするかぁ……？)

こいつは、こういうときは必死になるより開き直るタイプだ。

それで、周りから尻を叩《たた》かれてようやく重い腰を上げる、みたいな。

「なぁ、求。後でちょっと話したいことがあるんだけど……」

溜息《ためいき》のような、細々としたか弱い声。

明らかに普段と様子の違う昴に、俺は面倒が舞い込んでくる予感を覚えずにはいられなかった。

自分のことだって、まだ何も解決していないのに、だ。

◇◇◇

九十分間の講義が終わり、昴と揃《そろ》って教室を出る。

昴は他の誰にも聞かれたくないと言い、また、お互い次の時間は空《あ》いていることもあり、この大学から徒歩十分弱の距離にある昴の下宿先で話すこととなった。

「相変わらず散らかってるなぁ……」

昴の家は俺の下宿先より大分広い。

俺の部屋の間取りは１Ｋだけれど、昴のは１ＬＤＫ。

リビング・ダイニングが独立している分、部屋が丸々一個多い感じだ。

でも、置いてある物も多く、床には脱ぎっぱなしの服や通販の段ボール箱がゴロゴロ転がっていた。

割と新しめの家電や健康器具なんかが置かれているのを見ると、性格が出るなぁなんて思う。

「ま、適当《てきとう》に座ってくれ……」

相変わらずげっそりした様子で促《うなが》してくる昴に従い、クッションの上に胡座《あぐら》を掻《か》いた。

「で、相談ってなんだよ。単位のことじゃなさそうだけど」

「そんなくだらない話じゃないんだ」

きっぱりと否定する昴。

いや、単位の話は全然くだらなくないと思うけれど。

「実はな…………………」

昴はうんざりするほどの溜めをたっぷり作り、

「最近、菜々美《ななみ》ちゃんと上手くいっていない気がするんだっ‼」

ようやく、その悩みを打ち明けた。

「………」

そして、俺はその悩みを前に固まってしまった。

なんというか……なんて返せばいいのか分からなくて。

昴の言う、菜々美ちゃんとは、長谷部《はせべ》菜々美……俺達と同じく、政央学院《せいおうがくいん》大学に通う一年生の女の子だ。

俺とは必修の英語コミュニケーションの授業で一緒で、そこで友達になった。

そして、そんな俺との繋《つな》がりをきっかけに、昴は彼女と出会い、一目惚《ひとめぼ》れをしたらしく、猛アタックを仕掛《しか》け、何度目かのデートと告白を経《へ》て、夏前に付き合い始めていた。

もちろん、昴と付き合ったからって長谷部さんとは友達同士のままだ。

英語コミュニケーションに限らず、講義が被《かぶ》ったり、校舎内ですれ違えば挨拶したり雑談に花を咲かせたりもする。

でも、昴と仲が悪くなっている感じはしなかった。

向こうも俺と昴が友達同士って知っているんだから、もしも仲が悪くなっているなら、多少は気にするよな……？

「それ、本当なのか？　俺は話してて気付かなかったけど」

「だって、ラインの返信だって遅いし、なんかそっけないし！　笑顔もちょっと引きつってる感じだしぃ……」

「って、お、おい⁉　泣くなよ⁉」

なんと、言いながら昴は涙を溢《こぼ》し始《はじ》めた。

まさかのガチ泣きに、どうすればいいのか戸惑いつつ、とりあえず床に落ちていたティッシュ箱を差し出した。

「とりあえず、涙拭けって」

「お、おう……」

昴はゴシゴシと顔を拭う。

俺もこいつも、昼休み後にはまた大学に行かなければならないのだけど、こんな状態で行けるんだろうか。

「求、後生だ……！」

「え？」

「菜々美ちゃんに聞いてくれないか？　その……俺のこと」

「い、いやいや！　どう聞けって言うんだよ⁉」

「そこはお前の人たらしスキルでなんとか‼」

「そんなスキル持った自覚ないけど⁉」

俺は昴が悩んでいるような予兆《よちょう》が分かっていないのに、いきなり「昴のこと嫌いになったの？」なんて聞けるわけがない。感じ悪いにもほどがある！

それでも、昴は一切引いてくれない。

縋《すが》るように俺の足に擦《す》り寄《よ》り、必死に訴えかけてくる。

「頼むよぉ！　お前しかいないんだ！　骨は拾ってやるから！」

「玉砕《ぎょくさい》前提じゃねーか！」

とはいえ、「そんなの無理だ」と、冷酷《れいこく》に彼の手を払いのけてしまえないのも事実だ。

以前の俺なら、昴の態度に呆《あき》れ、しれっと見捨てていたかもしれない。

考えすぎとか、気にしすぎとか、当《あ》たり障《さわ》りのない言葉で流して、呆れるだけで。

けれど、今の俺にとっては他人事《ひとごと》と思えないのも事実だ。

（もしも朱莉《あかり》ちゃんとラインしてて、だんだん返信が来なくなったり、文章もそっけな

くなったり、直接会っても笑顔が曇《くも》っていたりしたらって思うと……笑えない）

いつの間にか、昴に呆れる側ではなく、共感する側になっていた。

別に悪い気もしないけれど……我ながら単純だなぁと思わずにはいられない。

「別にストレートに聞いてくれなくてもいいんだよ。それとなく、『最近どう？』なんて行きつけの小料理屋に入る感じで聞いてくれればさぁ！」

「小料理屋の感じは分かんないけど……分かったよ」

「……どっちの話？」

「長谷部さんに聞いてみるって方」

「マジか‼」

「言っておくけど、聞くだけだからな」

あまりに期待するような目を向けられてしまったので、なんとかハードルを下げようとしてみる。

が、昴の目に宿った光は少しも消えない。じんわりと潤《うる》んでさえいる！

まさに、一縷《いちる》の望みを俺一人に押しつけてきているみたいだ。

「……これも言っておくけど、失敗しても文句言うなよ」

「大丈夫だ！　求なら、きっとやれる‼」

「その信頼がどこから来るのか知らないけど、マジで期待すんなよ⁉」

なんか、背負《せお》わなくていい責任まで一方的に負わされた気がする。

やっぱりこのまま放っといてやろうか……とも思いつつ、そこまで非情になれず、俺は大学とか、朱莉ちゃんのこととは別に、頭を抱えたくなる悩みを背負うこととなってしまったのだった。

◇◇◇

そして、その日の午後。

「はぁ……」

今日の講義も終わり、俺は教科書やノートを鞄《かばん》に詰《つ》めながら、溜まりに溜まった溜息を吐き出した。

結愛《ゆあ》さんに相談して、しっかりクリスマスのこと、朱莉ちゃんの誕生日のことを考えようと思った矢先、胃の痛くなる仕事が増えてしまった。

悩みが共通して恋人関係である手前、やっぱり適当に流すこともできない。

「とりあえず、できることから片付けていかなきゃな……」

「やっ、白木《しらぎ》くん」

「うっ⁉」

突然声を掛けられ、俺は反射的に硬直してしまった。

その声に、聞き覚えがあったからだ。

「だ、大丈夫？　なんだか変な声、出てたけれど」

「い、いいや。大丈夫。こんにちは、長谷部さん」

なんとタイミングの良いことか、俺に声を掛けてきたのは長谷部菜々美さん……つまり、昴の彼女だった。

長谷部さんは、言い方が良いかは分からないけれど、すごく大学生っぽい、オシャレで綺麗《きれい》な女の子だ。

あどけない顔立ち、セミロングの茶髪。

初めて会ったときから、どこかのお嬢様っぽい、垢抜《あかぬ》けた雰囲気《ふんいき》があったけれど、ファッションやメイクは日々磨かれていっている感じがする。

性格は明るく、気取った感じもなく、昴の彼女であることを抜きにしても、非常に話しやすい相手なのだけど……今ばっかりは、どうにも気まずさを感じてしまう。

「ん、どうしたの？」

長谷部さんは不思議そうに、首を傾《かし》げつつ俺の顔を覗《のぞ》き込《こ》んできた。

「あ、えと……さ、寒くなってきたね」

「え？　結構前からじゃない？」

困ったときには天気の話……と、咄嗟《とっさ》に切り出したものの、あまりに下手すぎた。

寒さなんて一ヶ月以上前から来てるし、話題にするにも今更すぎる。

何かないか、何か話題は……と、俺は必死に頭を回す。

「いや、その……あっ、コート！　長谷部さんがそのコート着てるの、初めて見たなーって」

「ああ、これ？」

長谷部さんが自身の着ていたコートに触れる。

ネイビーのダッフルコート。なんだか少し幼さを感じさせる気がするのは俺の気のせいだろうか。

「もしかして下ろし立て？」

「あはは、違うよ。これは高校から使ってるやつ。本当は新しいの欲しいんだけどねー。ちょっと子供っぽいでしょ？」

「い、いや、そんなことないよ。似合ってると思う」

「……きみ、本当に白木くん？」

「えっ⁉」

警戒されてる⁉

何か受け答えに間違いがあっただろうか……？

俺的にはごく自然に会話できていたと思ったのに！

「白木くんがファッションの違いとか指摘してくるなんて、珍しいなーって思って」

「そ、そうかな？」

「昴くんも言ってたよ。求はそういうところがだめだーって」

昴くん、と彼女の口から彼氏の名前が出てきて、心臓が勝手に跳《は》ねる。

「そういえば聞いたっけ。高校の頃、白木くんのことを気になっている子がいて、その子が髪切った次の日に、白木くんに『どこか変わったところない？』って聞いたんでしょ？　でも白木くん、『えーっと、普段通りだと思うけれど』って答えたって」

「あ、あいつ、そんな話もしたの⁉」

「そりゃあもう、楽しそうにね」

くすくすと長谷部さんが笑う。

その話は、残念ながら事実だ。散々昴に笑われたから今でも覚えている。

当時、『どこか変わったところない？』と、不安げに聞かれた俺は、髪型とかじゃなくて、太ったとか、そういうマイナスの変化を気にしているんじゃないかって思ったんだ。

だから、俺的には気を利《き》かせて、もちろん太ってるとかも思わなかったんだけど、『普段通り』って答えたんだ。

「その話は何卒《なにとぞ》忘れてください……」

「あはは、その反応見るに、事実だったんだぁ」

長谷部さんはそう言って苦笑する。

「言っておくけど、女子的には結構ナシだからね、それ」

「うぐ……ですよね……」

「まぁ、私が推理するに、白木くんはそういう話にアンテナを張ってなかっただけだと思うんだよね。ほら、男子高校生って花より団子なところあるでしょ。私は女子校だったから知らないけど」

彼女は貶《けな》しつつもどこか楽しげだ。

昴からこの話を聞いたときから、俺をいじりたくて仕方なかったんだろう。

そういうところは昴と相性が良いんだろうな。

「でも、今回私のコートには触れてきたし……もしかして、女の子関係で何かあった？」

「え……それは昴から聞いてないんだ」

「えっ⁉　何も言われてないけど！　絶対何かあったってことだよね⁉」

長谷部さんの目の色が変わる。

これは余計《よけい》なことを言ったかもしれない……！

「なになにっ！　聞かせてよ！」

「いやぁ……ここではちょっと」

その勢いに驚きつつ、講義後の教室で話し続ける内容ではないと彼女を制する。

みんなそれぞれ雑談に興じていて、こちらなんか気にしてないと思うけど。

「じゃあ外で、ベンチにでも座って話さない？　私は今日、もう講義ないし帰るだけだから。白木くんもでしょ？」

「ああ、うん。じゃあそれで」

あまり変わらないんじゃ……と、一瞬思ったけれど、教室で話を続けるよりはマシか。

それに、昴のことを聞くにも、それぐらいラフな方が聞きやすいだろう。

俺は長谷部さんの提案に頷《うなず》きつつ、リュックを背負った。

◇◇◇

外は夕暮れ時。

俺達は教室を出て少し歩き、キャンパス内に設置されたベンチのひとつに座る。

こんな小休憩を挟むような場所ではあるけれど、思い返してみれば、長谷部さんとこんな風に改まって二人きりで話すなんて初めてじゃないだろうか。

もちろん二人でカフェに行ったり、食事に行ったりなんてこともなかった。

大体は他の友達や、昴が一緒にいたから……なんというか、ちょっと新鮮な気分だ。

「それじゃあ、聞かせてもらおうかな～」

長谷部さんは鼻歌を唄《うた》うように笑いつつ、早速切り出してくる。

まぁ、これは必要経費のようなもの。

話す決心もついていているけれど、まずはどこから話したものか。

「長谷部さんって、昴に妹がいるのは知ってる？」

「あー、うん。知ってるよ。会ったことはないけど、写真は見せてもらったから。なんていうか……めっっっっっちゃ、可愛《かわい》いよね！」

「う、うん」

いきなりスイッチが入ったみたいに、前のめりで熱弁された。

「いや、本当に昴くんの妹かって疑っちゃうくらい、なんか、こう、実在を疑いたくなるというか。最初、もしかしてシスコン？　って若干引きもしたけど、あんな子妹に持っちゃったら、そりゃあ仕方ないよねーとも思ったりした！」

「そ、そうなんだ」

「ん？　でもなんでいきなり妹ちゃんの話に？」

「ええと、さっきの教室での話に戻るんだけどさ」

「うんうん……って、んん？　ちょっと待って」

長谷部さんは手をパーにしてこちらに向け、俺の言葉を押しとどめる。

そして、顎に手を当て、眉間に皺《しわ》を寄せ、殺人事件を目の前にした名探偵の如《ごと》く、むむむと唸ること数秒――

「もしかして……そういうこと？」

「まぁ……はい」

そもそもこの状況で、突然昴の妹について話し出した時点で、彼女の疑問に対する答えは一本道だ。

俺に彼女ができた。そしてその相手は恋人の妹。

それを完全に理解すると同時に、長谷部さんは深く溜息を吐《つ》いた。

「どうりで、あっさり教えてくれるわけだ」

「一応、あんまり言いふらさないでもらえると助かるよ。彼女、来年この大学に入ってくると思うから」

「了解。私の胸に収めておくね」

長谷部さんはあっさり頷いてくれた。

そして今のやりとりから、昴が想像していた最悪——別れるなんて気は現状ないことも察《さっ》せられた。

全て、長谷部さんが昴の彼女であるという前提を基《もと》にした会話。

彼女がそれを受け入れ、一切動揺や違和感を見せないのだから、昴と付き合っている現状に不満はないと言える……はず。

(でも、それらしい推理で全部解決できるなら、俺も色んな方面から鈍感《どんかん》なんて指摘されてないよなぁ……)

ぶっちゃけ自信ない。

たぶん大丈夫だと思うけれど、一応聞いておいた方がいいだろうか。

こんなチャンス、滅多《めった》にないし……よし！

「そういえばさ、長谷部さん」

「うん？」

「最近昴と一緒にいるところ、あまり見ないけど、あいつと何かあった？」

一応、俺的に遠回し目に聞いてみた。

俺の考えが正しければ、この質問も杞憂《きゆう》で、「そんなことないよ。いつも通り」と笑顔で答えてくれるはず――

「えっ⁉ そ、そんなことないんじゃないかな⁉ 別にいつも通りというか……うんっ、全然普通。あ、あはは～……」

(め、メチャクチャ分かりやすく動揺してるっ⁉)

長谷部さんはあからさまに視線を泳がせ、薄《うっす》ら冷や汗を掻いている感じさえする。

絶対何か隠してる。いくら鈍感とバカにされたって、それくらい分かる。

「そ、そっか。いつも通り、だよね……あはは……」

「う、うん。変なこと聞くなぁ、白木くんったら。あはは……」

あまりに酷《ひど》い誤魔化し方に、逆に踏み込むことができなくて、俺達は互いにぎこちなく笑い合うしかなかった。

当然、長谷部さんも俺を誤魔化せたと思ってはいないだろう。

でも、こうなったらもう、長谷部さん側からも訂正しようがないよなぁ……。

「そ、そろそろ行こっか？」

「そ、そうだね！　あ、私、図書館に本返してから行くから！」

「そ、そっか。じゃあ、また、今度！」

唯一良かったのは、簡単に解散できる大学内のベンチで話してたことだ。

俺達はいかにもな別れの挨拶を交わし合い、解散した。

「参ったな……昴にどう言うか……」

問題が解決したと思ったら、ただただ膨《ふく》らんだだけ。

俺は頭が痛くなるのを感じつつも、昴への伝え方に悩まされるのだった。

幕間 一方その頃の朱莉ちゃん

「宮前《みやまえ》さん、好きです！　どうか、付き合ってください！」

「え、あ、ごめんなさい」

十二月になって数日が経《た》った放課後。

りっちゃんと教室で話していると、突然男の子に告白された。

確か隣のクラスの人だ。名前も……一応知っているけれど、話したことはほとんどない。

つい反射的に断ってしまい、しょんぼりと肩を落として去って行く彼の背中をぼんやり眺《なが》めていると、りっちゃんが呆《あき》れたような溜息《ためいき》を吐《つ》いた。

「今時あんなストレートに告《こく》る奴《やつ》いる？」

「うん、びっくりしちゃった」

良《よ》し悪《あ》しには触れず、けれど同意はする。

まだ他のクラスメートもいっぱい残ってる中で告白をされると、見世物《みせもの》にされているみたいで困る。

しかも、隣のクラスの彼は、廊下に出るなり、友達らしき人達に慰《なぐさ》められ、大げさに騒いでいて……ちょっと文句も言いたくなる。

「まぁ、モテ税ってやつかな」

「うう、知らぬ間に払いたくない税払わされてる……」

今回みたいな、いきなり告白されるのは特例だけれど、こうやってほとんど話したことのない人から連絡先を聞かれたり、遊びに誘われたりする機会は珍しくない。

まぁ、連絡先を聞かれても知らない人相手なら断ればいいし、遊びに誘われても受験だからって逃げられるけれど……一番困るのは、下駄箱《げたばこ》に手紙を入れられたときだ。その場で返答できないから、断るのにも苦労させられる。

けれど、こういったアプローチは、ここ最近加速度的に増えている気がする。

(もしかして……私、大人の魅力が出てきちゃってる⁉)

人は、女性は、恋をすると強くなったり魅力が増したりするって聞いたことがある。

私はずっと先輩のことが好きで、先輩に相応《ふさわ》しい人になりたいって思いで、頑張ってきた。

そして……先輩と恋人になった私は、さらにもっと先輩のことを好きになって、もっともっと認めてもらえるように頑張ろうって思っている。

その意志が、強くなっていく想《おも》いが、私の女性としての魅力を高めているなんて……⁉

「今年が終わったらいよいよ自由登校だし、告白するなら今が最後のチャンスって感じなんじゃない」

「…………」

りっちゃんはものすごく冷静だった。

「そろそろ行こ」

「はぁい……」

三年の冬。もうすぐで高校生活ともさよならだけれど、りっちゃんは相変わらずで、なんだかホッとする。

高一の頃からずっと使っているマフラーを巻いて席から立ち上がると、クラス中の視線がこちらに向いた気がした。

さっき目立ってしまった分、と思いつつ、もしかしたらさっきの子以外にも告白のタイミングを窺《うかが》ってきているんじゃ……と疑心暗鬼になってしまう。

いや、自意識過剰だっていうのは分かってるけど！

……こういうとき、やっぱりりっちゃんってカッコイイって思うんだよなぁ。

りっちゃんは告白されても全然動じない。

連絡先を聞かれれば、「アタシ、スマホ持ってないから」と、スマホをいじりながらあからさますぎる嘘《うそ》を吐き、遊びに誘われれば、「知らない人についていっちゃ駄目って母に言われてるから」と容赦《ようしゃ》なく相手を切り払う。

下駄箱に手紙を入れられたら中身も見ずに捨てるか、さらに虫の居所が悪いときは、差出人を見て、クラスが分かればそこの下駄箱にいる人に返すよう頼むという鬼のような所業に出る。

まぁ、りっちゃんのそんな強気な反撃も、一部の人達からは批判されているみたいだけれど……実際、彼女の反撃を恐れているのか告白を受ける回数は減ってきているらしい。

元々先輩以外の誰とも付き合う気がなくて、とうとうその先輩と付き合うことができた私にとって、告白が減るなんて羨《うらや》ましい以外の何ものでもない。

いっそのこと、私もりっちゃんのように、心を鬼にして厳しい態度を取った方がいいのだろうか……うう。

今日は幸い、それ以上声を掛《か》けられることなく学校を出られた。

一人で帰るときはほぼ確実に下駄箱辺りで声を掛けられるから……もしかして、りっちゃんのおかげ⁉

「これから毎日一緒に帰ろっ！」

「それは無理」

すげなく拒否された！

「アタシ、しばらくバイト漬けだし」

「う〜……」

りっちゃんは少し前、文化祭が終わったくらいからバイトを始めていた。

彼女は既《すで》に推薦入学が決まったので、今は一人暮らしに備えて、お金を貯めているのだ。

だから、前までは私の方が受験勉強で忙しい感じだったのに、最近ではりっちゃんが忙しくてあまり構ってくれない。

もちろん、私だって入試が目前に近づき、受験勉強も佳境に入ってきていて、より一層気合いを入れなければいけない状況なのだけれど……たまには息抜きだってしないと

窒息《ちっそく》しちゃう！

「じゃあ、今日は思いっきり遊んでもらうから！」

「…………」

りっちゃんは呆れたように目を細めた。

「朱莉《あかり》、夏みたいに泣きついてきてももう相手しないからね」

「う……な、泣きつかないし！　というか、もう成績だって落とさないもん!!」

「ふぅん？」

「今だって毎日ちゃんと勉強してるし、それに来週から予備校で対策授業受けることになってるし」

「予備校？　朱莉に予備校なんて必要なくない？」

「それは……まぁ、お母さんが、どうせなら行っておいたらって」

今の判定的にはりっちゃんの言う通りかもしれないけれど、でも、やって損《そん》することはないだろうし……それに、家で一人で勉強していたら、私はすぐに違うことを考えてしまうから。

「あーあ、私もりっちゃんみたいに意地でも推薦貰《もら》っとけばよかったな～」

「今更？　特待生になって先輩に良いところ見せるんだって言ってたじゃん」

「それはそうなんだけど……」

政央学院《せいおうがくいん》大学の特待生制度に選ばれるには、入試で好成績を残し、さらに特待生用の面接で受かることが必要。

当然私は、スポーツや、何か実績を買われての入学ではないため、特待生候補になるためにも一般入試で高得点を取らなくちゃいけない。

（別にお父さんもお母さんも、特待生に拘《こだわ》っているわけじゃないけれど……もっと偏差値の高い大学だって狙えるのに、政央学院を志望してるんだもん。私なりに誠意を示さないと）

だから、推薦だと駄目っていうのは分かってる。

でも……こうして早くも受験から解放されたりっちゃんを見ていると、どうしたって羨ましいって気持ちが生まれてしまう。

「朱莉、推薦もいいことばっかじゃないよ」

「……そうなの？」

「だって、大学から高校に振り分けられた数少ない枠で、入学を許されてるんだから。入学してからも、アタシの評価は高校の評価に繋《つな》がる。アタシが問題でも起こしたり、途中退学したりしたら、今後高校からの推薦枠はナシってなるかもしれないし。責任重大」

「そ、そっかぁ……確かにそうだよね」

「だから朱莉にはちょっと難しいかな」

「えっ⁉　私、問題起こしたり退学するように思われてるの⁉」

「いやぁ、だって……」

りっちゃんは目を逸《そ》らしつつ、言葉を濁《にご》す。

そんなあからさまな反応を気にするなと言う方が無理だ。

「なに」

「外ではちょっと言いにくい」

「むう……気になるから言ってよ」

「じゃあ」

りっちゃんはもったいぶりつつ、私の耳に口を近づける。

「求《もとむ》くんといちゃいちゃしすぎて…………しちゃう、みたいな」

「はえっ⁉」

りっちゃんの口から出てきた、問題や退学に相当するその未来に、私はぼんっと頭が爆発するような幻聴を聞いた。

「な、ななな、なななな……⁉」

「今の朱莉にはまだ早かったか」

「今の私にも大学生の私にも早いよ⁉」

それはいつかは迎えたい……いや、最早《もはや》人生のピークでゴールと言うに相応しい未来だ。

でも、あまりにいきなり、突然言われたものだから、頭の処理が追いつかない……！

「朱莉は初心《うぶ》だけど、暴走すると常識では測《はか》れない行動に出るし、絶対ないとは言い切れないでしょ」

「い、言い切る！　それは言い切るっ！」

ああ、顔が熱い。

でも、これは勢いでどうこうしていい話じゃなくて、しっかり、真剣に、先輩とも話し合って決めなきゃいけないことで……！

「変な顔」

「へんっ⁉」

そんな葛藤《かっとう》する私は、りっちゃんにはとても愉快《ゆかい》に見えたらしい。

彼女はからかうように、くつくつと喉《のど》を鳴らす。

どの段階から、このからかいは始まっていたんだろう……いや、最初から？

（りっちゃんは相変わらずだなぁ……）

そうちょっと呆れつつ、バイト漬けになっても変わらない親友の姿にホッともするのだった。

◆◆◆

そのままりっちゃんと私の家にやってきた。

私はお母さんと話しているりっちゃんを置いて先に自室へ行き、部屋着に着替える。

そして、イスに座りつつのんびり単語カードを眺《なが》めながら待つこと十数分。

「おまた」

手に飲み物やお菓子を載せたトレイを持ったりっちゃんが入ってきた。

「あ、お母さんまたりっちゃんに押しつけてる」

「さっさと部屋に引っ込んだあんたが言うか」

りっちゃんは呆れたようにそう言いつつ、トレイを私の勉強机に載せ、慣れた手つきで私のクローゼットを開けた。

そして、何着か常備されているりっちゃんの私服を取ると、さささっとそれに着替えた。

ちなみに今日のは、猫耳が生えた着ぐるみみたいな部屋着。

ちょっと子供っぽいけれど、りっちゃんは美人なのでなんでも似合う。似合わなくてもギャップがあって可愛《かわい》くなってしまうのである。

あとりっちゃんは猫好きだ。

「ふあぁ、ねむ……」

りっちゃんはまるで猫みたいに目を細めて大きく伸びをし、一切の躊躇《ちゅうちょ》なく私のベッドに飛び込んだ。

「りっちゃん、いきなり寝るの？」

「バイト疲れが溜《た》まってるから……」

「今なんのバイトやってるんだっけ」

「ファミレス」

「へぇ……なんで？」

「どうせ三月で辞《や》めるし、覚えること少なくてすむから」

てっきりこの間の文化祭で接客に目覚めたのかと思った。

でも、よくよく考えれば、りっちゃんはこんな性格ながらに接客業のバイトをやることが多いように思う。

前は全国展開されているハンバーガーチェーンとかで、スマイル0円していたらしいし。

「なんか裏方仕事とかの方が好きそうなイメージだけど」

「接客はダルいけど、楽だから。スタッフしかいない裏側で働いてると、しょうもない社員から見下されてウザいじゃん」

淡々としているけれど、どこか実感がこもって感じられた。きっと経験談なんだろう。

「ていうか、なんでアタシばっか喋《しゃべ》らされてんの？」

「だって話振らないと寝ちゃいそうだし。あ、今日泊まってく？」

「あー……そういや朱莉のお母さんからも聞かれた」

「お母さん、そういうの好きだからなー」

「ちょっと待って」

りっちゃんはそう言うとスマホをいじり始めた。

たぶんりっちゃんのお母さんに聞いてるんだと思う。

明日は土曜日だし、こういうときは大体——

「……いいって。うちの親も仕事で飲んでくるから遅くなるみたいだし」

「そっか。じゃあお母さんにも言ってくる」

「さっき買い物行くって言ってたけど」

「じゃあラインでいっか」

すっかり慣れた会話だけれど、りっちゃんがうちに泊まるのは結構久しぶりだ。

りっちゃんが、受験勉強をしなくちゃいけない私を気遣《きづか》ってくれていたのかもしれないし、単純にタイミングが合わなかっただけかもしれない。

けれど、もしも前者なら……もしかしたら今日泊まると言ってくれたのも、りっちゃんが気を遣ってくれているからかもしれない。

「うん、お母さんもいいって。むしろ最初からりっちゃんの分も晩ご飯用意する気満々だったみたい」

「そ。ありがと」

そう素《そ》っ気《け》なくお礼を言うりっちゃん。

私にはこんなんだけど、お母さんとお父さんにはちゃんと丁寧に挨拶《あいさつ》することを知っているので、嫌な感じはない。

でも、なんか声に覇気がない……。

「うちに泊まるからって、まだ寝ちゃ駄目だよ？」

「寝ないよ。うとうとしてるだけ」

「それ寝ちゃうやつじゃん！」

「ああ、川の向こうにお祖母《ばあ》ちゃんが見える」

「それ寝るとは違うやつ!!」

そんな小ボケをうとうと口にしたりっちゃんだったけれど、突然ガバッと身を起こし、眠たげな目を向けてきた。

「求くんとは最近どう？」

「へ？」

「なんか、最近元気なくない？」

やっぱり、りっちゃんは私の変化を察《さっ》していたらしい。

いや、変化なんて大げさかもしれないけれど……でも、人肌恋しさにりっちゃんとの交流を求めたのも事実だ。

「実は最近、あまり話せてなくて……」

自覚もあったので、私はすぐさま悩みを打ち明けた。

「文字でのやりとりは続けてるけど、その、電話とかはあまりできてなくて……」

「なんで？　倦怠期《けんたいき》？」

「そ、そんな仰々《ぎょうぎょう》しいものじゃないけど……！」

りっちゃんからの容赦ないツッコミに怯《ひる》みつつ、私は頑張って平静を装《よそお》う。

「ほら、入試が近づいてきて先輩も気を遣ってくれてて。それに、先輩の方も大学の課題とか試験とかの内容が出てくる時期みたいで、私も邪魔したくないなって」

「ふーん」

「それに……さ」

頭に過《よぎ》る、月末のある一日。

私の含みのある言葉にりっちゃんも気が付いたと思う。

十二月二十四日。

クリスマスイブ。

そして、私の誕生日！

先輩と結ばれた今、この一日が今まで以上にとっても重要で特別な意味を持っていることは言うまでもない。

「何に悩んでるのか知らんけど、普通に言えばいいじゃん。クリスマスイブ、一緒に過《す》ごしてくださいーって」

「そ、そんな簡単な話じゃないんだよぅ！」

りっちゃんは簡単に言ってくれるけれど、残念ながらそうもいかない。

まずは、私のこと。

私は受験生だ。そして年が明ければすぐに、大学入学共通テストが実施される。

大学入試、それも私が目指す文系私立大学の入試においては、ざっくり、この大学入学共通テストを利用したルートと、一般入試を使ったルートの二つがある。

大学入学共通テストは、かつてセンター試験なんて呼ばれていたもので、ここで一回試験を受けると、その結果を利用して様々な大学の選考を受けることができるのだ。

なので、私もこの大学入学共通テストで好成績を残せれば、その時点で政央学院への入学を決められる……かもしれない。

ただ、そう簡単な話じゃないというのも事実としてある。

この大学入学共通テストには、ライバルが多い。すごく多い！

なんたって受験生のほとんどがこのテストを受けるのだ。

そして多くは……この結果で「滑り止め合格」を獲得することを目指す。

もしも志望校に受からなくても、それよりも入学難度の低い大学に合格していれば、浪人生になることは避けられる。

だから、知らない大学でも、場所や学力が合致《がっち》すれば、とりあえず願書を出しておき、本命の大学は一般入試で目指すというのが普通のやり方だ。

一般入試は、その大学への入学志望度の高い受験生が集まる。入学枠も多いし、ライバルもぐっと減る。

とにかく倍率が全然違うのだ。

共通テストを利用して合格するには、一般入試で合格できるレベルよりも二段階ほど落として考えた方が良い、なんて聞いたこともあるくらいだ。

（私も受けるけど、ここで決められるかなんて分からないし……）

もちろん、ここで受かればかなり嬉《うれ》しい。

共通テストからの出願でも特待生になれる可能性はあるらしいし、もしも一般入試も受けるってなっても、とりあえず合格していれば気持ちにも余裕が出てくる。

……そんな共通テストまで一ヶ月を切ったクリスマスイブ。

正直遊んでいる場合じゃないし、下手にここで気持ちを切ったら冗談じゃすまない。

そんなの私だって分かってる。夏休みに気を抜きすぎた結果、コンディションを悪くする恐怖だってしっかり味わった。

（でも……先輩と一緒に過ごしたい）

リスクを理解した上で、それでも本心は抑えきれなかった。

きっと間違ってる。他人事《ひとごと》なら、一年くらい我慢すればいいのに、って思うかもしれない。

分からない。どうすべきなのか。何を優先すべきなのか。

「……まぁ、自分からは言いにくいか。誕生日祝ってください、なんて」

「ぶっちゃけ、それもある！」

誕生日を祝って欲しいってお願いするなんて、なんか子供っぽい感じがするし。

こういうのは、祝われる側が忘れてて、祝う側が覚えている……みたいな、サプライズっぽいお祝いがベストだと思ったり、思わなかったり。

……なんて、わがままだ。

先輩が私の誕生日を知っているかどうかも、知らないのに。

（結局、正解が分からない……）

どんな懸念《けねん》も考えすぎって笑い飛ばせるくらい、私が強ければ良かったのに。

絶対なんて胸を張れるほど自信が持てない。

先輩と話す機会が減って、学校に行っては告白とかされて、勉強はどんなにやっても切りがなくて……気持ちが沈《しず》んでばかりいく気がする。

何より大事なのは受験。なのに、こんな気持ちになっちゃうなんて……。

「朱莉」

「え？　わ、ちょ、りっちゃん？」

つい考え込んでいた私を、りっちゃんがつんつん突《つつ》いてくる……なんと、足で。

「お、お行儀悪いよ⁉」

「この漫画、続きどこ？」

「…………」

こっちは真剣に悩んでいるというのに、無視してのんきに漫画を読んでたなんて、いったいどんな親友だ！

しかも人を足蹴《あしげ》にまでして！

「大丈夫。きっと上手くいく」

「え……？」

りっちゃん……⁉

急に優しい、背中を押すような言葉を向けられて、ついキュンとしてしまう私。

着ぐるみっぽい部屋着を着ているのも相まって、ギャップ力が留《とど》まるところをしらない——

「って、ほら。この人も言ってる」

「それ、漫画のキャラじゃん⁉」

りっちゃんはわざわざ、漫画のキャラクターがそのセリフを喋っているコマを指さしながら言った。ていうかよく見つけたね、そのシーン！

「まぁ、この人が言うことだから、きっとそうなんだと思う」

「なんかすっごい適当《てきとう》！」

「いやでも、これまでのこの人の活躍を思えば中々含蓄《がんちく》が……ていうかこの人誰？」

「……多分その回にしか出てこないモブの人」

「…………」

りっちゃんは無言で本を閉じた。

そこはかとない気まずさが部屋に流れ——

「で、次の巻どこ？」

ないっ⁉

りっちゃんは平常運転で、まるで少しだけ時間を遡《さかのぼ》ったみたいに続きの巻を要求してきた。

「……これ」

「ん。あんがと」

本棚から続きの巻を出して渡すと、やっぱりりっちゃんは何事もなかったかのように受け取り、読み出した。

（なんて、鋼のメンタル……!!）

私のメンタルが弱いというのもあるかもしれないけれど、にしたって、あんな空気の中平常に戻れるりっちゃんはやはり大物だ。

正直見習うべきなのかもしれない……そう思いつつ、私はりっちゃんに倣《なら》い、彼女が読み終えたばかりの漫画を拾って読み始めるのだった。

第3話　友人とその彼女の喧嘩に巻き込まれる話

ここ最近、少なくとも十二月に入って以来、まともに夜眠れていない気がする。

それほどまでに色々と悩まされ続ける日々だけど、ここ最近は特に加速度的にキツさが増している気がしていた。

一個ずつ荷を下ろしていかないといけないのは分かっていても、下ろすタイミングが分からない。

その結果、時間を持《も》て余《あま》したときにはやっぱり悶々《もんもん》としてしまって、日中なら誤魔化せても寝る前とかになるともうダメだ。

中々寝付けないのもあるし、正直最悪――

『求《もとむ》、俺さ、菜々美《ななみ》ちゃん……いや、長谷部《はせべ》さんと別れることになった』

はっ⁉

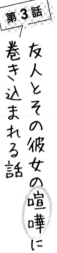

『うん、この結果じゃ駄目だね。再履修決定！』

ええっ⁉

『先輩、ごめんなさい……入試、落ちちゃいました……』

そんなっ⁉


「うわあああああっ⁉　……あ、夢か………」

たまに寝られたとて、こんな地獄のような悪夢を見ることも珍しくない。

暖房をつけていないのに、寝汗びっしょりで気持ち悪いし、時間ほど眠った感じもしない。

これがたまにならともかく、ほぼ毎日続いていて、しかもどんどん酷《ひど》くなっていっているのが余計《よけい》につらい。

「とりあえず……大学には行かないとな」

悪夢の一つ、必修落としての再履修を避けるために、俺は重たい体を無理に起こした。

実のところ、こうもメンタルが落ち込んでいる一番の原因に俺は心当たりがあった。

大学に行くため着替えをしつつ、充電していたスマホを手に取る。

そして、ロック画面を開き――

「……はぁ」

つい溜息《ためいき》を吐《つ》いた。

想像していたとおり、画面には一つも通知がなかったから。

ここ最近、朱莉《あかり》ちゃんからの連絡がめっきり減った。

今までは何の話題がなくても、朝は「おはよう」から始まり、夜は「おやすみ」で閉じていたのだ。

どちらからともなく送っていたこの他愛もないラインが、お互い忙しくなってきたときから少しずつ減っていって……ここ最近は、ゼロだ。

もちろん、俺から送ってもいいのだけど、朱莉ちゃんも忙しいんだろうなと思うと気が引けるというのと、やっぱり、まだ答えの出ていないクリスマスと誕生日のことが引っかかってしまう。

なんだか中途半端な気がして……。

「い、いや、ラインくらいもっとカジュアルに送っていいはずだ！　そうじゃなかったら、本当に用事があるときしか送れなくなっちゃうし……！」

俺は自分を鼓舞するように口に出しつつ、送信欄に文字を打ち込む。

『おはよう。寒い日が続くけれど、体調には気をつけて』……よし、変なところ、ないよな？」

何度も文章を見直し、誤字や変な表現がないか確認する。

そして、緊張でバクバクする心臓を深呼吸で宥《なだ》めつつ、送信ボタンを……押した！

――ピンポーン。

「うおぁっ⁉」

ラインを送るのとまったく同時に部屋のチャイムが鳴り、思わずスマホを落としてしまう。

「ま、まさか……⁉」

あまりにタイミングが良すぎて、ありえないと思いつつ疑ってしまう。

デジャビュというか、脳裏にあの日の、あの情景が浮かんで……俺は恐る恐る、ドアへと近づき、開けた。

「よっ」

「って、お前かよ‼」

そこに立っていたのは昴《すばる》だった。

想像とは、ある意味ニアミス。いや、かすってなんかいるもんか。

俺はスマホを拾い、ポケットに捻《ね》じ込《こ》みつつ、半目で彼を睨《にら》む。

「なんだよ、朝っぱらからいきなりやってきて」

「いやぁ、お前に頼んでた件、気になって気になってさ」

正直、想像はついていた。

昴には一応、長谷部さんと話したということだけは昨日の時点で伝えていたから。

「せっかくだから、登校がてら聞いちまおうと思ったんだ」

「俺の都合はお構いなしかよ」

「どうせ講義被《かぶ》ってんだからいいじゃん。それに、大学で話してたら、うっかり菜々美ちゃんの耳に入っちまうかもしれないしさ」

それはまぁ、確かに。

昴としても、こっそり探らせていることで、長谷部さんへの後ろめたさを感じてはいるのだろう。

けれど、それ以上に、気が逸《はや》っているという方が正しいかもしれない。

今も普段通りに振《ふ》る舞《ま》おうとしているようだけれど、正直空元気なのが透《す》けて見える。

(これ以上落ち込ませるのも悪いし、やっぱり当《あ》たり障《さわ》りなく報告した方がいいか)

「求、正直に頼むぞ」

「え？」

「へんな気を遣《つか》うなよ？　お前だって、もしも自分が俺の立場だったら、本当のこと知りたいって思うだろ」

「う……」

俺の考えを察《さっ》したのか、昴が鋭い言葉を向けてくる。

というか、最初から彼は分かってるんだ。俺がどういう人間で、こういうときどういう行動を取るか。

「……分かったよ。じゃあ、聞いたままを伝える。それでいいか？」

「おうっ」

俺は考えを改め、彼が望むとおり、大学への道すがらありのまま、あの日話したことを伝えた。

昴に報告しないとと思っていた分、時間が多少経《た》っていても、ほとんどそのまま伝えることができたと思う。

けれど、肩の荷が下りた感じは、正直まだあまりしない。

「…………」

全てを聞き終えた後、昴は黙り込んでしまった。

ネックになっているのはもちろん、最後の長谷部さんの反応だろう。

昴とのことを聞いて、明らかに何かを隠そうと挙動不審になってしまっていた。

昴関係で何かあるのは確実……正直、状況的にもあまり良い想像はできないけれど。

「……俺さ、バイト始めたじゃん？」

「ん、ああ」

「でも、ちゃんと菜々美ちゃんとはデートできるように、スケジュール調整してるわけよ」

昴のバイトはフードデリバリー。

働く時間を自分で調整できるから、確かにスケジュールは調整しやすい。

「菜々美ちゃんは火曜と金曜、それに土曜日がバイトだから、その日以外はデートに誘ったりもするわけ。でも、最近はさ、なんか忙しいって断られることも多くてさ……」

がっくりと肩を落とす昴。

明らかに落ち込んだ様子から、昴がどんなことを考えているのかなんとなく分かってしまう。

「か、考えすぎじゃないか？　そういう……ちょっと噛《か》み合《あ》わないときもあるだろ。人間同士なんだし」

「でも、なんか隠してる感じだったんだろ」

「いや、俺の伝え方が悪かったかもしれない。別になんでもない反応だったかもしれないし」

「いいや、お前が悪いとか、そんなこと思っちゃいねぇよ。でも……はぁ……」

昴の溜息は胸を打つくらいに痛々しくて、俺はそれ以上気休めみたいなことは言えなかった。

大学に入って、長谷部さんと出会って、何度もアタックして付き合い始めて。

昴はとても幸せそうだった。

こっちがうんざりするくらい。胸焼けしてしまうくらい。

長谷部さんだって、仕方なく付き合っているって感じじゃなかったと思う。

二人ともいつも笑顔で、楽しそうで、お似合いで……別れるどころか、すれ違うような状況だって、全然考えられなかったのに。

(上手くいっているように見えても、そのまま順調にいくとは限らないんだな……)

なんだか、こちらも落ち込んでしまう。

昴が心配というのもあるし、自己投影してしまうのもある。

とはいえ、やっぱり俺は部外者。この問題を解決するには、当人である昴と長谷部さんの意志が重要だ。

今の時点じゃ深刻に考えすぎだとか、むしろ問題はもっと根深いものだとか、どちらとも判断がつかないし。

（でも、現時点では、昴にしては必要以上にネガティブになっている気もするし、何か気を持ち直すきっかけでもあればいいんだけど）

そんなことを思いつつ、結局見守るしかない。

想像通りというか、恐れていた通りというか……昴からの頼みは、なんとも後味の悪い形で終了を迎えることになってしまった。

◇◇◇

それから昴と長谷部さんの関係は修復されないまま、そして当然、俺の抱える悩みも解決しないまま、日付だけが過《す》ぎていった。

唯一良かったことを上げるなら、年明けにどかっとやってくる試験やレポートに対する心配がほとんどなくなったことくらいか。

今日までで試験範囲やレポート課題が明らかになり、これまで真面目《まじめ》に講義に出ていたおかげで、大げさな対策はせずに乗り越えられそうな目算が立った。

そういう意味では多少は気持ちも楽になったかもしれない。いや、本当に多少だけれど。

「ふぅ……」

講義が終わり、講義からではない疲労感から溜息を吐きつつ帰り支度《じたく》をする。

そんな俺の背を誰かが叩《たた》いてきた。

「よう、白木《しらぎ》」

「ん、大黒《おおぐろ》」

声を掛《か》けてきたのは、俺と同じ経済学部の一年生である大黒健一《けんいち》だった。

彼はフットサルサークルに所属していて、俺も何度か一緒に遊んだことがある友達だ。

「お前さ、明日暇《ひま》？」

「明日？　……なんか、怖い聞き方だな」

「そんなことないって！」

気の良い笑顔を浮かべつつ、バンバン肩を叩いてくる大黒。なんだか随分機嫌が良い。

スケジュール的には明日はバイトもなく空いてはいる。けれど、なんかこの感じ……妙な予感がするんだよなぁ。

「大黒、先に用件を言うべきだろ。白木引いてるぞ」

「あれ、橋本《はしもと》も？」

「おつかれ、白木」

もう一人、大黒と同様同じ学部の橋本智也《ともや》も一緒に来ていた。

橋本は俺同様、部活やサークルには入らず、暇な時間をバイトに捧《ささ》げているタイプで……確か、居酒屋で働いているんだったか。

珍しい組み合わせというわけでもないけれど、なぜだか警戒したくなる。

「実は明日さ、合コンやるんだ」

「合コン」

橋本からの説明に、俺はただただオウム返しする。

合コンっていうのはあれだ。男女数名が集まって、飲んだり騒いだりする感じの……いや、参加したことないから、完全に先入観込みだけど。

「実は、別に誘ってた奴《やつ》が体調崩してさ。メンツが足りないんだ」

「ええと……つまり、その人数合わせに俺を？」

「人数合わせって言うと聞こえは悪いけど、ぶっちゃけそうだ」

橋本はそう苦笑しつつ頷《うなず》く。

「白木って彼女いないんだろ？　もうすぐクリスマスだしさー、今のうちに駆け込みで相手作らね？　ってのが、今回の主旨《しゅし》なわけ！」

「あれ？　でも大黒、前に、フットサルサークルに気になる子がいるって話してなかったっけ」

「うぐっ……それは……！」

「ははは、白木、いいところ突くなぁ」

大黒の胸を押さえるような苦しげなリアクション。

それだけで、一体何があったのか十分理解できた。

今回の合コンは、大黒の傷心を癒《い》やすためって目的もありそうだ。

（でも……困ったな）

俺には既《すで》に彼女が、朱莉ちゃんがいる。

正直、彼女がいる身で、そういう集まりに参加するのは良くないんじゃないだろうか。

もちろん、二人が悪いわけじゃない。

大黒が言っていたとおり、俺はまだ彼女ができたことを二人に明かしていないのだから。

（とはいえ、傷心したばかりの大黒を前に、彼女ができたとは言いづらいものがあるな）

ある程度の嫉妬《しっと》から、根掘《ねほ》り葉掘《はほ》り聞かれるのは間違いない。

そして、来年この大学に入ってくる予定と知れば、あれやこれやとからかい、いじってくるだろう。

それは俺的にも、きっと朱莉ちゃん的にも避けたい話だ。

「実はさ、白木」

悩む俺に、橋本はバツが悪そうに声を掛けてくる。

「明日の合コン、俺の働いている居酒屋で予約してるんだ」

「へぇ、そうなんだ」

「んでさ、女子側の幹事が、バイト先の同僚で」

「うん」

「実は、ちょっと狙ってて」

「な、なるほど」

橋本からの切実なカミングアウト。

彼的には今回の合コンを成功させ、あわよくば自分も女子側の幹事と良い雰囲気《ふんいき》になれたら……という魂胆《こんたん》らしい。

間違っても合コンを失敗させたくないという切実な思いが伝わってくる。

（断りづらい理由が増えてしまった……！）

きっと、俺が断っても、他の誰かに声を掛けるだけだろう。

しかし、断るのならそれなりの理由が必要だ。意味もなく断れば、ただただ感じ悪い奴と思われてしまうかもしれない。

ただ、彼女がいるというのを、この場で言うのは避けた方がいいのは間違いないし、他に良い感じの理由は……すぐには浮かばない。

大黒も橋本も友達だ。正直、二人の頼みなら応えてあげたい。けれど……。

（ちょっと考えさせてって時間を貰《もら》うべきか？　いや、でもそうしたら別の参加者を探す時間を奪っちゃうし……）

そう、ぐるぐる思考の迷路に迷い込んでしまう俺。

そんな中……突然、空気を破るように、ある男が割り込んできた。

「話は聞かせてもらった！」

「えっ⁉」

「宮前《みやまえ》⁉」

「お前、いつの間に！」

「俺抜きで随分楽しげな話してるじゃねぇか……合コンってよぉ！」

割り込んできたのは昴だった。

やけに楽しげなニヤけ面《づら》を浮かべている。

「いや、お前、彼女いるだろ……」

大黒が恨めしそうに半目を向ける。

やっぱり彼女持ちは選択肢から除外していたらしい。

しかし、そんな視線を向けられても昴に怯《ひる》んだ様子はない。

まさか、コイツ……⁉

「へっへっへっ。それは今は忘れてさ。俺、合コンってのに参加してみたかったんだよなー」

「いや参加する気満々かよ。……いや、待てよ？」

大黒は何かに気が付いたように、顎《あご》に手を当てる。

「既に彼女持ちなら、実質ライバルが一人減るってことだよな……白木を加える危険性も多少緩和されるかも……」

……俺を加える危険性？

なんか、物騒なワードが聞こえた気がするけれど、気のせいか？

「橋本的にはどうよ？」

「ちょうど四対四って話だったし、ここでメンバーが決まるなら、文句無いな」

「よし、決定っ‼」

決定した⁉

「そんじゃあ、明日はよろしくな、二人とも！」

「おうっ‼」

こうして、昴の介入により、明日の予定に合コンが入ってしまった。

いや、断れないとまごついていたのは俺の方なので、彼を恨む気もないけれど……それよりも、昴の様子が気になる。

普段通りに戻ったと言えば、そうなんだけど。


そうして、話が纏《まと》まったということで、大黒と橋本が去って行く。

残された俺と昴だが……俺はすぐさま昴を問い詰めることにした。

「お前さ、どういうつもりだよ」

「なにが？」

「なにがって……」

「いやさ、大黒と橋本の目的達成を応援するなら、俺達みたいなどうしたって敵にならない存在がいた方がいいだろ？」

そんな昴からの返答は、確かに間違っているわけじゃないけれど、簡単に頷くこともできない。

「長谷部さんとは話したのか？」

「それは……」

露骨に視線を逸《そ》らす昴。

こいつ……。

「べ、別に合コン行っただけで浮気とはならないだろ？　ちょっと空気を味わってみたいっていうか……なんか、そういう楽しいイベント久しぶりだからさぁ」

ぐったりと肩を落とし、本音を漏らす。

きっと楽しそうなワードが聞こえて、勢い任せで首を突っ込んできたんだろう。

昴らしい行動だから今更驚かないけど……。

「それに、求もいるんだ。お前が見てる前で変なことしないって！　お前の親友として！　義兄《あに》として！」

「後半は先走りすぎだろ……ったく……」

今更彼を責めても意味がないのは分かっていた。

それに、結局今から断るのも忍びないってのは確かなんだ。

こうなったら、大黒、橋本、そして昴のためにも、合コンは無難に乗り切るしかない。俺も完全初心者だけれど、流されないように気を引き締めないと。

「なんにせよ、昴。お前、合コン終わったらでいいからさ、ちゃんと長谷部さんと話せよ？」

「うぐ……」

「正直、それ以外でお前のモヤモヤした感じが消えると思えないし」

「……わーってるよ」

拗《す》ねたように口は尖《とが》らせつつも、昴はハッキリ頷いた。

こいつだって分かってるんだ。ただ踏ん切りがついていないだけ。

合コンは良い機会だと思おう。ちょっと楽しい気持ちに流れれば、活力も湧《わ》いてくるというもの。

(ただ、もしも長谷部さんにバレたら怖いけどな……俺も彼女持ちって知られてるわけだし、二人揃《そろ》ってアウトだよな……)

つい、そんな最悪な事態も考えてしまう。

もしかしたら俺も気持ちが弱い方に流れているのかもしれない。

だから、朱莉ちゃんとのこともいつまでも答えを出せないのかも。

(合コンか……俺も、前向きに考えるきっかけにできるかな)

そうだ、前向きになろう。

俺は朱莉ちゃんを裏切るつもりなんか一切ないし、友達を助けるだけ。

後は知らない世界を見に行く、みたいな？　会場も居酒屋とか、酒は出ないにしても大人の世界って感じがして、ちょっと興味はあったし。

前向きに。前向きに。

呪文のように、何度も唱《とな》え……こうも前向きになりたいって思うのは、やっぱりずっと後ろ向きだったからなんだろうなぁと自覚し、つい苦笑してしまった。

◇◇◇

そんなこんなで時は流れ……あっという間に翌日を迎えた。

一応持っている中でも小綺麗《こぎれい》めな服装に着替えつつ、昴と合流し、共に会場に向かう。

駅から五分ほどの場所に、会場である居酒屋はあった。

今まであまり足を運んだことはなかったが、ここは社会人達の利用も多いようで、チエーン店から個人経営のものまで、様々な飲食店が立ち並んでいた。

「俺は結構来てるぜ。晩飯食いに来たりな」

昴が自慢げに胸を張る。

そっか、こいつは基本外食派だから、そんな機会も多いだろう。

対し、最近は自炊、それまではコンビニ弁当などの中食ですませていた俺にとっては、意味なく外食するのはちょっとハイコストに思えてしまう。

とりあえず、昴と雑談しつつ店の前で待っていると、数分と経たずに大黒と橋本がやってきた。

「よお、白木、宮前！　今日は良い天気だなぁ！」

「今日は急な誘いに乗ってくれてありがとな」

順に大黒、橋本。

二人並べてみると、今回の主役とも言える大黒はやっぱりどこか浮ついているように見える。

今日絶対彼女を作るぞ、という気合いの入った顔を浮かべたかと思えば、彼女ができた後のことを考えているのだろうか、突然ニヤケ顔になったりしている。

そんな彼を苦笑しつつ見守っていた俺は、ふと気になる言葉を思い出した。

「そういえば橋本」

「ん？」

「昨日、大黒が、俺を加える危険性だとかなんとか言っていた気がしたんだけど、あれどういう意味だ？」

「あー……あれな。聞いたら気を悪くするかもしれないけど」

「いや、危険って言われてる時点であまり嬉《うれ》しくはないだろ、普通」

「あはは、だよなぁ」

俺の軽い抗議に、橋本は申し訳なさげに苦笑した。

「白木はさ、ちょっとスペックがいいからな……」

「は？」

「大黒にとっちゃ、ライバルが強くなり過ぎるのは避けたいんだよ。まぁ、幹事の俺としちゃ、いいやつ連れてきたってことで評価が上がるから悪くないけど」

「いや、それは買いかぶりすぎじゃ」

「まぁ、俺達は白木が恋愛に消極的って知ってるからな。そういう意味じゃ、何も知らない相手の子達にはちょっと悪い気もするかなー」

「いや……」

なんとなく、周囲から俺がどう思われているか、改めて分かった気がする。

実際の俺は恋愛に消極的というより色々気が回らないだけだし、彼女ができた今……いや、好きな子ができたときから、恋心に振り回されてばっかりだ。

「と、とにかく、今回は橋本と大黒が上手くいくよう見守ってるつもりだから」

「いや、白木も良い子がいたらアタックしていいんだぞ？」

「あ、まあ、うん。そうだね」

彼女がいるのを隠している俺には、そう曖昧《あいまい》に頷き返すことしかできなかった。

「よーし、そろそろ店入ろうぜ。女子は後から来るから、俺達は先に作戦会議だ！」

そんな橋本の先導で、俺達は店に入ることに。

初めての居酒屋に多少の緊張を覚えるが、当然ここでバイトしているという橋本の足取りは実家に帰ったかのように軽やかだ。

最初から席は決まっていたようで、俺達は店の奥にある個室に案内された。

団体向けの、八人から十人が座れそうな長テーブルが置かれている、掘りごたつの席だ。

「へぇ～！　良い感じじゃん！」

「今日は予約がなかったし、ちゃんと金も払うかららって貸してもらえたんだ。普通、未成年だけに個室なんて貸してないんだぜ」

どやっと胸を張る橋本。

なるほど、店員特権ってやつだ。

俺がバイトしてる伯父《おじ》の店も、頼めばこういう会場として貸してくれるかも……いや、駄目だな。絶対結愛《ゆあ》さんにからかわれて終わる。色々な意味で。

「並びは、奥から俺、大黒……白木と宮前、どっちが真ん中行く？」

「じゃあ……俺はあえて端《はし》に座ろうかな！　盛り上げ番長だからな！」

なぜ盛り上げ番長＝端の席なのか分からないけれど……まぁ、端に座った方が全体を見られるからだろうか。

俺的には端の方が静かそうでいいかなと思っていたけれど、わざわざ抗議するほどでもなく、そのまま席順が確定した。

昴がノリノリな以上、わざわざ水を差す話でもないしな。

「んで、橋本。向こうのメンバーってどんな感じなん？」

席に着き、さっそく待ちきれないとばかりに大黒がそんな質問をする。

「ああ、向こうの幹事が文学部の篠原《しのはら》ってやつで、その友達周りって聞いてる」

「へぇ～奥ゆかしい子達ばかりなんだろうな～」

「なんだ、その先入観……」

大黒はすっかり、頭の中がピンク色になっているようだ。高校時代の昴でもここまで酷くはなかった気がする。

「なんであれ、俺はここで彼女をゲットして、最高のクリスマスを過ごすんだ……！」

そう、改めて意気込む大黒。

それほどまでに『クリスマスを恋人と過ごす』というのは、大学生にとって重要なんだろう。

「クリスマス……そういえば、求」

「ん？」

昴が小さく耳打ちしてきた。

「お前、朱莉とクリスマスどうすんの？」

「ぶっ⁉」

思わぬタイミングで、しかも昴から聞かれたことでメチャクチャ動揺してしまった。

「今それを聞くなよ……⁉」

「ん、いやぁ、だって気になったから。ああ、でもそっか。秘密にしてんだもんな」

昴には当然、来年入学してくるであろう朱莉ちゃんに配慮して、俺と付き合っていることは秘密にしてもらうよう話していた。

ていうか、箝口令《かんこうれい》をしっかり敷かなければ、今頃俺のことを知らない人にまで広まっていただろうからな。

「ん、秘密ってなんだ？」

「ああいや、なんでもない！」

薄《うっす》らと漏れ聞こえたのだろう、大黒からの質問を俺は慌てて誤魔化す。

核心的な部分は聞こえていなかったみたいなので、そこにはホッとしたけれど。

（昴の奴、実はもう吹っ切れてんじゃないか？）

思えば、かなり気が沈《しず》むことがあっても、なんの前触れもなく、突然平常運転に戻るのが、この宮前昴という男だ。

内容が内容だけに、自分事のように心配してしまっていたが、その必要も無かっただろうか。

（いや、まぁ、元気になったなら素直に喜んでやるか。面倒くさい絡みをされたら困るけど）

まだ、昴のことを聞いたときの長谷部さんの態度については明らかになっていないけれど、昴が回復したなら自分でなんとかするはず。というか、させる。

後はつつがなく、この合コンを乗り切るだけだ。

「おっ、女子達も集まったから、もう来るって」

「うおーっ、緊張してきた！」

「俺も！」

橋本の言葉に、緊張を露《あら》わにする大黒と昴。

もう何も言うまい。頑張れ、盛り上げ番長。

そして、数分と経たず、

「お待たせ～！」

女子達が個室に入ってくる。先頭はおそらく幹事の子だろう。

「ひゅーひゅー！」

「待ってましたぁ！」

昴が囃《はや》し立《た》て、大黒が手を叩く。

なるほど、これが合コンか。

順々に入ってくる女子達を眺めつつ、そんな感心を覚えていた俺だったが――

「……え？」

最後に入ってきた女子を見て、つい呼吸を忘れた。

いや、それはきっと俺だけじゃない。

橋本も、大黒も、そして昴も。

さらには、彼女自身も。


大きく目を見開き、俺の隣の昴を見て固まっている。

そして見つめられた昴は……顔を真っ青《まさお》にし、完全にフリーズしていた。

「菜々美ちゃん、どうかした？」

隣にいた子が、彼女に声を掛ける。

彼女はハッとして、慌てて笑顔で「なんでもないよ」と答えると、女子側の端の席、昴の正面に腰を掛けた。

（最悪だ……）

俺はそう思わずにはいられない。

今日の合コンで元気をチャージし、昴は長谷部さんとの関係を修復するはずだった。

もうほとんど、上手く行きかけていたのに……！

（まさか、その合コンに長谷部さんが来るなんて……⁉）

最悪に最悪を重ねたような現実。

どうやら地獄はまだ、俺達を手放していなかったらしい。

◇◇◇

合コンが始まって三十分ほどが経ち……会はびっくりするくらい順調に進んでいた。

最初は長谷部さんの存在に驚いていた大黒と橋本だったけれど、その場で喧嘩《けんか》とか始める雰囲気じゃないと察すると、彼らのことは保留と決めたのか、すぐに合コン進行に気を向けていた。

女子達はそもそも、長谷部さんと昴が付き合っていると知らない雰囲気だ。

まぁ、男性陣が知っているのは、昴が同じ経済学部の連中に自慢して回っているからで……長谷部さん側でそういう動きをしていないのなら、別学部の子達が知らないのも当然っちゃ当然か。

それぞれの自己紹介を終え、近くの相手と雑談する参加者達。

会話はそれなりに盛り上がっていて、合コンというより打ち上げとか食事会とか、そんな和気藹々《わきあいあい》とした雰囲気ができている。

けれど、一方——

「…………」

「…………」

島の端、向き合う形で座る昴、長谷部さんの間からは見事に冷え切った空気が流れてきている。

互いに会話はなく、しかし声を掛けられれば相づちは打つ感じ……昴は具合が悪そうとでも思われていそうだが。

長谷部さんは何を考えているか分からないけれど、たまに視線がこちらに飛んでくるのがただただ怖かった。

「白木くん？」

「え、あ……大垣《おおがき》さん？　えっと、なに？」

正直、俺も昴のように肩を落としていたかったが、そうもいかなかった。

原因……というのは、ちょっと良くないか。俺の正面に座る女の子、大垣祥子《しょうこ》さんがよく声を掛けてきたからだ。

大垣さんは橋本からの前情報の通り、政央学院《せいおうがくいん》の文学部に通っていて、長谷部さんを誘ったのは彼女らしい。

とはいえ、大学で深い交流があるわけではなく、二人はアルバイトで一緒だとか。

あくまで自己紹介で話していた内容なので、長谷部さんに彼氏がいるのを知っているのかは分からないし、その相手が昴だというのには……この感じだと気が付いていないだろう。

「さっきからあまり話さないけれど、もしかして具合でも悪い？」

「いや、そんなことないよ」

「良かったぁ。いやー、早苗《さなえ》に誘われて初めてこういうの参加してみたけど、あたしの話面白くなかったかなーって」

「いや、全然。むしろ俺の方が話し上手じゃないっていうか」

未《いま》だ混乱しているのは確かだけれど、心配をかけてしまったのなら俺の落ち度だ。

ちなみに早苗というのは、女子側の幹事である篠原早苗さん。

ついでにもう一人の参加者は茂手木華《もてぎはな》さんという。全員文学部の繋《つな》がりだ。

篠原さんには橋本が、茂手木さんには大黒が積極的に声を掛けていて、必然的に大垣さんが浮く形になってしまう。

まぁだからこそ、俺に話し掛けてきてくれているんだろうけれど。

「そういえば、白木くんのこと、キャンパスで見たことあるよ」

「え、本当？　俺、なんか目立つようなことしたっけ……」

「ううん、悪い意味でじゃなくて！　ちらっと見たってだけ！」

大垣さんは慌てて否定する。

「お、俺こそごめん。なんかネガティブっぽかったな」

そんな大垣さんに俺も咄嗟《とっさ》に謝る。

元々ポジティブなタイプじゃないかもだけれど、にしたって最近の俺は卑屈すぎる気がする。いや、色々重なってたっていうのは確かだけれど。

これじゃああまりに大垣さんが不憫《ふびん》だ。何か雑談、雑談を……！

「大垣さんもアルバイトやってるんだ」

「うん、一人暮らし勢だからね～……って聞くことは、白木くんも？」

「喫茶店でバイトしてるよ」

「へえ！　オシャ～！」

「お、おしゃ？」

「オシャレってこと！　あたしはアパレルで店員やってんだ」

「へぇ……そっちの方がオシャレじゃない？」

「いやまぁ、方向性が違うからナァ」

大垣さんはそう楽しげに笑う。

なんだか喋《しゃべ》りやすい人だ。表情がころころ変わって、性格も明るくて、あまり男女の壁を感じさせない。

「喫茶店って、駅前の？」

「いや、有名どころじゃなくて、伯父がやってる個人経営の店なんだ」

「へぇ～」

「オウム返しになっちゃいそうだけど、ちなみにアパレルってどこの？」

「あはは、日本一有名な衣料品専門店デス」

日本一有名と言われて、頭の中に赤を基調とした有名なロゴデザインが浮かぶ。

そういえば、長谷部さんから聞いていたような。

「ちなみにさっきも自己紹介で言ったけど、ナナミンと一緒に働いてんだ。ね、ナナミン？」

「うん」

しっかり話を聞いていたようで、長谷部さんがニッコリと微笑《ほほえ》む。

綺麗すぎる作り笑顔……正直怖さしかない。

「って、ありゃ。ナナミン、あんまり話……じゃなくて、箸、進んでない？」

「あはは……ちょっとあまりお腹空《す》いてなくて」

「そっかぁ、ごめんね。いきなりだったから」

「ううん、大丈夫。気にしないで」

二人はそんな意味深な会話を交わしていた。

その間も昴は、心ここにあらずといった感じに、ただ黙々と目の前の料理を箸で口に運ぶだけのマシーンと化していた。これが盛り上げ番長（自称）の成《な》れの果《は》てか……。

「おろ？　そっちのえーっと、宮前くんだっけ？　なんか元気なさげ？」

「んえ……？」

「あ、いやこいつは……ちょっと気の滅入《めい》ることがあったみたいでさ！　まぁ、気にしなくて良いから！　どうせその内調子取り戻すと思うし！」

「そお？」

大垣さんは昴にも水を向けてくれたが、その優しさは今の昴には届かないだろう。

むしろ長谷部さんの手前、変に刺激しない方が良さそうにさえ思える。

「そ、そうだ、大垣さん。なんか最近のマイブームとかある？」

「え、マイブーム？　ていうか白木くん、あたしに興味津々な感じ～？」

「い……う、うん。せっかくだし、大垣さんの話聞きたいなって」

残念ながら、俺はこういうときに披露できるような雑談力というものを持ち合わせてはいない。

幸い、大垣さんは良い意味でよく喋るタイプ。

俺の不慣れなフリにもしっかり応え、俺も話に乗りやすい『最近ハマっている漫画』について話し出してくれた。

居酒屋に男女が集まって話すにしてはちょっとカジュアルすぎる話題だったかもしれないが、まだお酒も飲めない大学生成り立ての俺達にはちょうど良かったかもしれない。

やがて俺と大垣さんの間だけだった漫画トークは大黒・茂手木さんに広がり、橋本・篠原さんを巻き込んで、少しではあるが昴・長谷部さんも会話に混ざって……この会全体を支配するまでに至った。

橋本と大黒は合コンらしい、『王様ゲーム』みたいな企画もやれるよう準備していたようだけれど……この良い感じの雰囲気と、何より、ランダム性の高さから昴・長谷部さんという地雷を踏んでしまう危険性が高いことから、断念したようだ。

そりゃあ、ゲームとはいえ、恋人の前で別の異性とイチャつくなんて状況、自分から作りたくないもんな……。

そういうブレーキが働いた点については不幸中の幸いというか、うっかり倒したドミノが途中で切れていて全崩壊は免《まぬが》れた感じというか……なんにせよ、良かったと思いたい。

◇◇◇

「はぁ……なんかどっと疲れた……」

話が盛り上がり安定してきたところで、トイレという名目で一時離席してきた。

ようやく一息つける……といっても、特別なにか活躍したわけでもないが、重い緊張に晒《さら》されたのだ、少しくらいの休憩、許して欲しい。

「や、白木くん」

「大垣さん？」

一瞬レベルの休息を終え、トイレから出ると、大垣さんがいた。

彼女もトイレ……という感じじゃない。多分、俺を待っていたんだ。

「さっきはお疲れ様～」

「え？」

「なんか、随分気をお遣いになっていた様子で……白木くん、分かりやすいって言われない？」

大垣さんはニヤニヤと楽しげに言った。

若干前屈《じゃっかんまえかが》みに、上目遣いで顔色を窺《うかが》ってくる仕草で……なんだかからかわれている感じだ。

「まぁ、言われたり言われなかったりするけど……」

「じゃあ今回は『言われた』にカウントしておいて。……って言うのはちょっとズルいか。分かりやすかったのはキミだけじゃなかったし」

大垣さんはそう苦笑しつつ彼方《かなた》を見る。

その視線の先は俺達の個室がある方で……どうやら、彼女も気が付いたらしい。

「今日さ、ナナミンを誘ったのはあたしなんだ～。彼氏がいるってのは聞いてたけど、ちょっと直前で人が足らなくなっちゃってさ。その子もあたしが誘った子だったから、あたしが誰か誘わないとって思って……まぁ、サクラってやつかな？」

なんと……長谷部さんも昴と同じ理由でこの合コンに参加したとは。

いや、思えばそれ以外に理由の候補が浮かばない、至極真《しごくま》っ当《とう》な参加理由だ。

「ナナミンのあの態度からさ、たぶん、あの宮前くんがナナミンの……だよね？」

勝手に言っていいのか、少し悩んだけれど状況的に俺は頷くしかなかった。

「こっちも事情は同じだよ。橋本と大黒に、急な穴を埋めてほしいって頼まれたんだ」

「なんというか、世間は狭いですなぁ。同じ大学とはいえ……」

大垣さんは溜息を吐きつつ肩を竦《すく》める。

呆《あき》れるような反省するような……けれどどこか楽しんでいるようにも見える。

「見たところ、きみはナナミンとも宮前くんとも友達ってわけだ」

「まぁ、そうだな。そもそも俺と長谷部さんが同じ講義だったのがきっかけで……」

ついうっかり話しすぎてしまった。

変なことに巻き込んで罪悪感を抱いていた大垣さんが、実は同士だったように思えてホッとしたからかもしれない。

「そっか……」

大垣さんは神妙な顔つきで何度か頷く。

そして突然、ぎゅっと俺の手を握ってきた。

「えっ⁉」

「白木くん、やはりキミしかいない！」

「な、なにが……⁉」

突然女の子に手を握られれば、どうしたって驚き、ドキッとしてしまう。

そんな俺に、大垣さんはさらに距離を詰め、目を覗《のぞ》き込《こ》んできた。

「あの二人のフォローだよ！」

「フォロー……」

「もちろん、二人の関係にヒビが入らないようにってこと！」

大垣さんの目にははっきりと俺に期待するような輝きがあった。

期待。つまり、全て俺に押しつけようとしている！

「いやぁ、だって、あたしは宮前くんとは知り合いじゃないしさ。こういうのは両方の事情を知っている仲人《なこうど》が仲裁した方が、一方的にならなくていいと思うんだよね」

まるで俺の心を読んだかのように、真っ当な理由を並べてくる。

もちろん納得はいく……のだけど、彼女が長谷部さんを合コンに誘ったその責任まで背負《せお》わされている感じがしてしまう。

「……もちろん、そのつもりだよ」

けれど、俺の答えは決まっていた。

ここまで来たら最後まで付き合わないとと思っていたし、大垣さんに言われるまでもない。

「良かった。これで安心！　ああ、そうだ」

大垣さんはにっこり笑うと、スマホを取り出した。

「一応連絡先交換しとこうよ。何かあったら力になれるかもしれないし!」

「うん、分かった」

断る理由もないため、俺は頷いて彼女と連絡先を交換した。

できれば使う機会の来ないことを祈りつつ……でも、まぁ、ここから先は昴と長谷部さんの問題だ。

こればっかりは、ただただ上手くいくことを祈るしかない。

◇◇◇

そんなこんなで、波瀾《はらん》間違いなしと思われた合コンはあっさりと終わりを迎えた。

結局、ただの食事会だったような気もするけれど、男性陣は約一名を除けば割と満足げだ。

これは後から知った話だけれど、この会中に、橋本は篠原さんとデートの約束を取り付け、大黒も目当ての茂手木さんと連絡先の交換に成功したとか。

まぁ、空気最悪で失敗に終わりましたというんじゃ後味が悪すぎるし、それは素直に良かった。

なにより昴と長谷部さんという地雷も爆発しなかったし……この後俺自ら踏《ふ》みに行くんだけど。

「二次会行く人――！」

橋本が二次会のカラオケに行く参加者を募《つの》る中、事前に断っていた俺は問題の二人の手を引いてその場を離れた。

「ちょ、求⁉」

「白木くん……」

それぞれ、昴は焦《あせ》ったような、長谷部さんは諦《あきら》めたような声を漏らした。

そして、夜になって人の多くなった通りを抜け、歩くこと数分――ようやく人気《ひとけ》のない場所に出られた。

ちょうどいい場所に小さな公園があったのでそこのベンチに二人を座らせる。

最初はどこか喫茶店にでも入ろうかと思ったけれど、内容的に修羅場になったらややこしいので、それならいっそ外でやり合わせてしまえというわけだ。

とりあえず、二人を残して俺は自販機に向かい、適当《てきとう》に二本お茶を買う。

その間に逃げるかもとも思ったが、二人とも大人しく待っていた……まったく会話はなかったみたいだけれど。

「ほら、これ」

「……おう」

「……ありがと」

二人とも差し出されたお茶を受け取りつつ、お互いを見ようともしない。

そんな子供のように拗ねた二人を見て俺は……苛立《いらだ》ちや呆れではなく、虚《むな》しさを感じていた。

俺にとって二人は良いカップルの見本だ。

昴からの気持ちが大きかったのは確かだけれど、長谷部さんだってそんな昴の気持ちを受け入れ、恋人として愛しているのは傍《はた》から見ている俺でも分かっていた。

俺に彼女ができてからは余計に…………だからこそ、彼らでもこんな風になってしまうのが虚しい。

「…………」

「…………」

一向に喋り出さない二人。ただ時間だけが過ぎていく。

そんな空気の中、ようやく、最初に口を開いたのは……。

「あのさ……俺の話、していいか」

俺だった。

二人の視線が同時に俺に向く。

実は何か考えがあって言い出したわけじゃない。

でも、停滞した空気を変えたかった。

こんな二人を見ていられなかった。

「俺にも彼女ができたって、話しただろ」

だからオチも考えず、とにかく話し出した。

俺にフリートークのスキルはない。話の引き出しもそんなにない。

だけど、今の空気を動かす可能性があるとすれば……これだけだ。

「なんていうか、今みたいに誰かを好きになって、付き合うなんてこれまでなくてさ。初めてのことばかりで、一個一個、何かあるたびに足を止めて悩んでしまうって言うか……」

自分でも、何が言いたいのか分からないような話になってしまっている。

けれど、二人とも何も言わず、真剣な目を俺に向けてきていた。

「知っての通り、今は遠距離恋愛でさ。向こうも忙しいから連絡もあまり取れてなくて……だから、不安になることもあるんだ」

このまま知らないうちに心変わりでもされてしまうんじゃないか、という不安。

俺は自分に自信がなくて、朱莉ちゃんが俺のことを好きでいてくれるのは奇跡みたいに思っていて……それに、朱莉ちゃんは魅力的な女の子だから、きっと彼女を好きな人もたくさんいるのだと、分かっていて。

「前に、彼女が俺の知らない人達から慕われているのを見たんだ。当然だって気持ちもあったけれど、同時に、嫉妬もしてた。自分の知らない彼女を知っているその人達に、勝手に嫉妬して、勝手に不安になって……どうして俺は彼女のことを全然知らないんだろうって」

思ったことをただ口から出していくだけ。ものすごく恥ずかしいことを、しかもよりにもよって恋人の兄に言ってしまっているけれど、ここまで来たら止まれない。

「でもさ、その気持ちを思い切って伝えてみたら、彼女の方も同じような気持ちを俺に持っていたって分かったんだ。それで、お互いのモヤモヤした気持ちをぶつけあって、理解が深まったって言うか」

俺は思いついた先から口にしていく。

文化祭に遊びに行った帰り、朱莉ちゃんと二人きりの公園でした会話。

それを思い出し、俺は二人に言うと同時に、自分自身にも言い聞かせている気がした。

なんでか、俺の中にかかっていた靄《もや》も晴れていくような――

「……ええと、何が言いたいかっていうと、そうやって悶々として黙ってても、きっと気持ちは晴れないってこと。そりゃあ、お互いどうしてあんな場所にいたんだって思ってるだろうし、単純な話じゃないと思うけどさ……」

結局俺のやっていることはただのお節介《せっかい》でしかない。

昴側の感情はある程度理解できているけれど、長谷部さんが昴にどんな感情を抱いていたのかは明らかじゃない。

けれど……だからこそ、本心を隠したままではなく、ぶつけあうべきだと思う。

もしかしたら今より悪い結果に繋がってしまうかもしれないけれど、きっと、この二人なら乗り越えられると思うから。

「…………」

昴はじっと俯《うつむ》いていたが、何度か頷くと意を決したように長谷部さんの方へ向き直り――

「その……菜々美ちゃん、ごめんっ!!」

深々と頭を下げた。

「俺、菜々美ちゃんと付き合ってるのに合コンなんか参加して……本当に、ごめん」

「それを言うなら私だって……！」

昴の謝罪に背中を押され、長谷部さんも頭を下げた。

それからすぐ、お互いに参加した理由を話し、共に同じ理由——非参加者の穴埋めを頼まれたことを知った。

「そっか……」

昴はホッとしたように溜息を吐く。

「あ、いや！　別に菜々美ちゃんが本心から参加しようとしてたなんて思ってたわけじゃないぜ⁉　ただ、何か想像もつかない深刻な理由があったらって……」

昴は慌ててそんなフォローをするけれど、不意に俺の方を見ると、大きく息を吐いた。

気持ちを切り替え、真剣な眼差《まなざ》しになる。

「ごめん……それだけじゃないんだ」

昴は気まずげに、しかししっかりと長谷部さんの目を見て言う。

「俺さ、菜々美ちゃんのこと疑ってた。最近付き合い悪いから、もしかしたらって……」

「え……？」

「だっせぇよな、本当に。自分でもなんでこんな簡単に不安になるんだって思うけどさ……でも、菜々美ちゃんにもし嫌なことしちゃってたらって思うと、直接聞くのも怖くて、だから求にそれとなく探らせたりして……」

そう懺悔《ざんげ》する昴は弱々しく、普段より何回りも小さく見えた。

そんな昴の話を聞きながら、長谷部さんは静かに俯いていた。

「そっか……あの時白木くんが私達のこと聞いてきたのって、昴くんに言われたからなんだね」

「ご、ごめん」

「ううん。実際に昴くんを少し避けちゃってたのも、確かだから」

長谷部さんは謝罪しつつも、はっきりと「避けていた」と口にした。

この距離で聞き間違えるはずもなく、昴もショックな顔を浮かべる。

「避けてたって……な、なんで？」

「その……言わなきゃ駄目、だよね」

「もし言えないことなら、いい。でも、きっと俺、悪い想像しかできないと思うから……」

既に昴の声は涙声になっていた。

気持ちは分かる。痛いほど分かる。

もしも自分だったらと思うと……むしろよく平静を保とうと頑張っていると思う。

そしてそんな昴に、長谷部さんは観念したように話し始めた。

「……実は、バイトを増やしたの」

「な、なんで？」

「その……昴くんもバイト始めたでしょ？」

「あ、ああ」

「すごく嬉《うれ》しそうに報告してくるし、そもそもあの昴くんがバイト？　って疑念もあって……もしかしたら、クリスマスプレゼントのためなのかなって」

「えっ‼」

サプライズのつもりがあっさりバレていたことに驚愕《きょうがく》する昴。

まぁ、いきなりバイトを始めたと得意げに報告していたのなら察されても当然というか……こればかりは昴が悪い。

「だから、もしも昴くんがクリスマスプレゼントを用意してくれているなら、私も、昴くんにプレゼントをあげたいって思って……」

「……え？」

呆然《ぼうぜん》と昴が聞き返す。

そして長谷部さんは、かああっと音がしそうなくらいに顔を赤くしていた。

「な、菜々美ちゃんが俺に、クリスマスプレゼントを⁉　う、嬉しい……！」

「うぅ……サプライズだったのに……」

「い、いや、でもそれでどうして俺を避けるってことになるんだ？」

「だって、一緒にいたら言いたくなっちゃうから……！」

長谷部さんの言い訳は、なんというか実に可愛《かわい》らしいものだった。

彼女は恋人にクリスマスプレゼントを贈るなんて初めてで凄《すご》く緊張しつつ、ワクワクしていた。

昴からプレゼントが貰えそうというのも嬉しく、それも相まって、顔を合わせるとついニヤけそうになるのを必死に堪《こら》えていたらしい。

そして、サプライズがバレないようにするには、顔を合わせないのが一番だと気が付いたそうだ。

だから、デートの誘いもそれとなく断りつつ、バイトでしっかりお金を貯め、クリスマス当日に思いっ切り喜ばせたかったのだ、と。

そんな赤裸々《せきらら》な告白を受け、場はまた沈黙に包まれた。

昴は想像していた最悪の展開との温度差にまだ思考が追いついていないのだろう。

俺は……なんだか無性に、この場にいるのを気まずく感じていた。

完全に部外者で、場違いで、なんか空気の読めていない奴みたいな——

「つ、つまり、昴の懸念は完全に誤解だったってことだな！　合コンも事故だったわけだし！」

俺はポディアムに立つ進行役よろしく、一旦場を締《し》め、後は二人に任せてこの場を去ろうとした。

結局のところ、俺が思っていたとおり二人はお似合いのカップルだったわけだ。

これ以上は見ている側も見られる側も酷《こく》というもの。

もちろん、この年末に俺を悩ませていた問題が一個、これ以上ない結果で片付いたのだから、俺も満足以外何もない。

「ごめんな、求。色々迷惑かけて……」

「馬鹿。謝るのは俺にじゃないだろ」

「う……そうだな。ごめん、菜々美ちゃん」

「ううん、私こそごめん。自分のことでいっぱいで、昴くんがどう思うか全然考えられてなかった」

これでもう、昴も変にナーバスになったりしないだろうし、長谷部さんも昴のことで挙動不審にはならないだろう。

おかげでクリスマスのサプライズは台無しになってしまったけれど、結果的にそれで良かったように思う。

「それじゃああとは、若いお二人でごゆっくり」

問題の解決を見届け、俺はそう少しからかうように言って、場を後にした。

後ろから昴の、「おいっ!」という声が聞こえたが、照れ隠しのツッコミだというのは明らかだ。

俺は振り返らず、自然と頬《ほお》が緩《ゆる》むのを感じながら家路についた。

その後、二人がどうしたかは知らないけれど、スマホに着信はなかったので、問題なく二人きりの時間を過ごしたのは間違いないだろう。

第4話　話がさらにこじれてしまう話

いよいよ、クリスマスが来週へと迫っていた。

俺はクリスマス商戦に燃え盛り上がるショッピングモールへと足を運び、プレゼントを探していた。

これまで、真剣にクリスマスプレゼントを探したことがなかったので知らなかったが、なんというかメチャクチャ選択肢がある。

プレゼントなんて贈る相手によって何が最適か変わるのが当たり前。

特にクリスマスは誕生日と並んで、プレゼントの自由度が高い印象がある。一年間に二回の楽しみというか……まぁ、子供の頃の感覚だけれど。

（バレンタインのチョコみたいに、これっていうのが決まっていたら楽なんだろうけど……いや、それもそれで苦労があるんだろうな）

結局相手が喜んでくれることが一番だ。

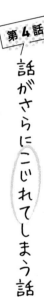

だからこそ、延々と悩まされる。

しかも贈る相手は朱莉《あかり》ちゃんだ。クリスマスイブが誕生日の彼女には、いったいどうプレゼントをすべきか。

盆と正月が一緒に来たよう、なんて表現があるけれど、まさに朱莉ちゃんは毎年、誕生日とクリスマスが一緒に来るわけだから、セットで祝われたり、プレゼントも一回ですまされたりした経験があるかもしれない。

ならば二つ用意すべきだろうか。いや、でも経済力には限界があるし、中途半端になっても仕方がない。

とりあえず一個贈って、もう一個は後日……いや、後回しにしているみたいでそれも良くない。

そもそも朱莉ちゃんの欲しいものってなんだろう。どうして一緒にいたときに聞いておかなかったんだ、俺。

そんな風に、考えることが多すぎて、こうしてショッピングモールで色々な商品を見つつも、中々頭に入ってこなかった。

結局のところ、この直前になっても、俺はまだ彼女の誕生日であるクリスマスイブを一緒に過《す》ごすか、それともプレゼントだけ贈ってせいぜい電話とか……彼女の受験に対する気持ちを切らないように努めるべきか、答えを出せていない。

なんとなく、こうしたいって気持ちはふわっとだけど形になってきてはいるんだ。昴《すばる》と長谷部《はせべ》さんのやりとりを見て、朱莉ちゃんと過ごした日々を思い返して、俺がどうしたいか、どうすべきか……なんとなく、だけど。

けれど、決心がつかない。答えを出すのに、心配性とか優柔不断とか、たぶん俺の悪い部分が邪魔をしている。

でも、プレゼントを贈ることだけは確定しているんだ。だから……って、これも消去法というか、楽な方に流れているだけなのかもな。

「はぁ……」

陽気で楽しい雰囲気《ふんいき》の中、俺は一人溜息《ためいき》を吐《つ》く。

新しく、今日はもう帰ろうか、それとももう少しいようかという二つの悩みが生まれてしまった、そんなとき……スマホがぶるっと震えた。

短い着信。電話じゃなくラインだろうか。

そう思いながらスマホを確認すると、差出人は朱莉ちゃんだった。

メッセージは短く、『今、少しお電話できますか？』とだけ。

前までだったら特に不審《ふしん》がる内容じゃなかったけれど、ここ最近、めっきり通話の機会がなくなっていた状況を鑑《かんが》みると、なんだかとても大事《おおごと》な内容に思えてしまう。

『もちろん、いいよ』

返信し、駆け足でその場を離れる。通話をするにはちょっとやかましすぎるし。

ほどなくして既読がつき、少しの間を置いて着信が来た。

俺は妙な指の重さを感じつつ、すぐに通話をオンにした。

「も、もしもし？」

『う、あ、先輩。もしもし、です』

変な緊張感のせいで、お互いぎこちない喋《しゃべ》り方《かた》になってしまう。

けれど、久しぶりに声が聞けて嬉《うれ》しいって気持ちもあって、余計《よけい》に喋るのが難しく感じてしまう。

『すみません。いきなりお電話して……』

「ううん、全然大丈夫だよ、朱莉ちゃん。元気だった？」

『あ、はい！　すこぶる健康です！』

「そっか、良かった」

緊張しつつも、それはすぐに落ち着いてくる。なんというか、ホッとするというか。

『先輩は、お元気でしたか？』

「うん、相変わらずなんとかやってるよ」

『そう、ですか……』

なんだか声に元気がない。

もしかして電話してきた理由と関係しているんだろうか。

具体的に何か浮かんだわけじゃないけれど、なんだか理由を聞くのが怖くなってくる。

『それで、そのぅ……お電話した理由なんですけど……』

朱莉ちゃんが遠慮がちにそう切り出す。

勿体《もったい》ぶるというよりは、彼女も言うのに尻込みしているような、そんな雰囲気だ。

「う、うん」

俺は聞くのが怖いと感じつつも、遮《さえぎ》るわけにもいかず、生唾を飲み込みつつ頷《うなず》く。

何か、彼女を不安がらせることをしただろうか。

今まさに悩んでいるクリスマスのことか？　それか、まったく違う理由？

いや……そもそも連絡自体疎遠《そえん》になりつつあったのだ。それで不安にさせてしまっても彼女に落ち度はない。

（もしかしたら、最悪の場合、愛想を尽《つ》かされてサヨナラなんてこと……）

顔から血の気が引いていく。

どうしよう、やっぱり止めた方がいいだろうか。いや、でもそんなことをしたって彼女の心が変わるわけでもない。問題の先延ばしどころか余計火に油を注《そそ》ぐような結果になりかねないし……！

結局、そんな葛藤《かっとう》をしつつも、止めることはできなかった。

電話越しに、朱莉ちゃんが呼吸を整える音が聞こえてくる。彼女にとって、この電話も、これからする話も、きっと勇気を必要とするものなんだ。

それを邪魔できるわけない。ただ、俺が聞くのが怖いなんて、そんな情けない理由で。

『その、先輩』

「……はい」

『先輩は……わ、私のこと……うぅ……』

「朱莉ちゃん⁉」

電話越しに、嗚咽《おえつ》を堪《こら》えるような声が聞こえた。

もしかして泣いているのか⁉

「ど、どうしたの？　いや、無理しているなら、今じゃなくても――」

『い、いえ……大丈夫です』

朱莉ちゃんはそう断りつつ、洟《はな》を啜《すす》る。

もしも傍《そば》にいれば何かできたかもしれないのに。電話越しの距離が、とても歯がゆい。

『その……先輩は……』

朱莉ちゃんは再び挑戦するように、電話を掛《か》けた理由を口にし始めた。

所々つっかえながら、懸命に……俺はただ黙ってそれを待つしかなくて。

そして――

『先輩は、私のこと、もう、嫌になっちゃいましたか……？』

「…………え？」

嫌になる？　誰が？　誰を？

俺が……朱莉ちゃんを⁉

「え、いやっ⁉　何言ってるの⁉」

『私、聞いたんです。先輩が合コンに参加したって』

「えっ⁉」

なんで、朱莉ちゃんの口からその言葉が⁉

というか、合コンに参加したってどうして……いや、あの参加者で朱莉ちゃんに教えられる奴《やつ》なんて一人しかいない。

『兄が言ってたんです。先輩と合コンに参加したって』

「そ、それは……」

実際に事実なので否定できない。まさか昴が朱莉ちゃんに言うなんて思ってもいなかった。

「いや、でも！　合コンなんて言っても朱莉ちゃんが思っているようなものじゃなくて！」

『でも、参加されたのは事実なんですよね……？』

「う……！」

しまった。合コンの中身がどうこうじゃなくて、参加することになった経緯から言うべきだった！

「た、確かに合コンには参加したよ。でも、自分から望んでじゃないというか、ええと……友達が、どうしても人数が足りないからって数あわせに頼んできただけで！」

俺はなんとか挽回《ばんかい》しようと必死に理由を説明する。

しかし、自分でも必死すぎるというか……これじゃあ余計に言い訳がましく聞こえてしまうんじゃないだろうか。

「と、とにかく！　朱莉ちゃんのこと、嫌になってなんかいないから！　それだけは信じて！」

『……はい、信じます。その、私……』

朱莉ちゃんはぎこちなくそう言う。

けれど、心から納得できていないのは電話越しにはっきり分かった。

『……うん。すみません、先輩！　なんか、変なこと聞いちゃいましたね、えへへ！』

「あ、朱莉ちゃん」

『私、なんだかちょっと疲れてたのかもしれません！　でも、久しぶりに先輩の声が聞けて、すっごく元気出ました！』

納得できていないけれど、俺に心労をかけまいと朱莉ちゃんは元気を装《よそお》う。

その空回りしている感じに胸が痛くなって、でも、今どんな言葉をかけても余計に気を遣《つか》わせてしまう気がして、俺はただうろたえるしかなかった。

『すみません、変なことで電話しちゃって！　私、その……いえ、なんでもないです。それじゃあ先輩、さようなら！』

「あ……」

そう駆け足で言うと、朱莉ちゃんは一方的に電話を切った。

気が付いたときにはもう、着信が切れたことを示す電子音だけが聞こえてきていた。

「ど、どうしよう……⁉」

完全に誤解されている。

当然、俺は朱莉ちゃんが嫌で合コンに参加したわけじゃない。

それにあれは俺の中では完全に終わったことになっていて、今更、いや、ついこの間の話ではあるけれど、それが朱莉ちゃんに伝わって彼女を不安にさせるなんて、そんなの考えてもいなかった。

俺はすぐに電話をかけ直そうと思った。

でも、電話をしたとして何を伝えればいいか分からなくて、というか何か言ったところで誤解は解けない気がして、尻込みをしてしまった。

「俺が朱莉ちゃんのこと、嫌になるわけないのに……」

どうしてこうままならないんだろう。

ショッピングモールから聞こえてくるクリスマスソングがやけに耳障《みみざわ》りに感じられて、俺は目的のプレゼントを買わないまま帰宅した。

◇◇◇

あれから二日経《た》った。

朱莉ちゃんからの連絡はなく、俺から連絡すべきか悩んでいる内に時間ばかりが過ぎてしまった。

いや、連絡すべきなんだろう。けれど、何を言えば良いのか分からないままただ電話だけして、意味のない言い訳をすれば余計に状況は悪化してしまう。

そんな頭でっかちな予防線を張って、結局行動できていない。

「はぁ～……」

「溜息」

「う……失礼しました」

そして今日もまた、アルバイト中にもかかわらず溜息を吐いて指摘されてしまう。

お客さんが入っている関係であっさりすんだけれど、そもそもお客さんがいる状況であからさまな溜息を吐いてしまう時点で、相当駄目だ。

前はもっと上手く切り替えられたのに……それだけ、ダメージが大きいってことかも。

（やっぱり休めば良かった）

そう後悔してももう遅い。

明らかにパフォーマンスの悪い俺を睨《にら》む従姉《いとこ》の視線を感じつつ、俺はただ少しでも早く時間が過ぎるのを願った。

「求《もとむ》、掃除はいいからそこに座りなさい」

「……はい」

やっぱり時間が過ぎるのを願ったのは間違いだった。

最後のお客さんが帰り、ドアにCLOSEDの看板を掛けた直後、結愛《ゆあ》さんは威圧感たっぷりに言ってきた。

俺は心当たりしかなかったので、大人しく指定されたテーブル席に腰を掛ける。

そして結愛さんはその対面にどかっと座り、眉間《みけん》に皺《しわ》を寄せ、思いっきり睨み付けてきた。

「アンタね、今日はちょっと度を越して酷《ひど》かったわよ」

「う……そんなに？」

「分かりやすいミスはしてないけどミスしてないだけ。アタシがいや～な先輩だったら、アンタが今日の働きで給料を貰《もら》っていくことに厳重抗議するレベルよ」

「そんなに……！」

結愛さんははっきりとしていて、人をからかうとき以外は割と嘘《うそ》を吐かない。

それこそ、前に怒られたときよりもより言い方がキツいのは、それだけ俺がずっと駄目になっていたからだろう。

「……んで、今度はどうしたのよ。また朱莉ちゃん関係？」

「う……はい。またというか、まだというか」

「アンタ、まだ決めてなかったわけ⁉」

「それがその、余計に話がこじれまして」

「はぁ？」

煮え切らない態度の俺に、結愛さんは不快そうに顔を顰《しか》めた。

「とりあえず言ってみなさいよ。話はそれから」

「いや、でも」

「なによ。今更見栄《みえ》張って隠そうって気？　大丈夫よ、アンタに乙女心が欠片《かけら》でも分かるなんて期待、残念だけどとっくにしてないから」

酷い言い草だ。たぶんその通りなんだろうけど。

でも今回の件は、そんな欠片も乙女心を理解できていない俺でも分かる程度に駄目な自覚がある。

できれば言いたくないけれど……そういうわけにもいかないか。

「それがですね……」

俺は、今俺に起きていること……朱莉ちゃんに与えてしまった誤解について、結愛さんに話した。

そして、朱莉ちゃんに対してどう振る舞えばいいか決めあぐねていることも。

一通りを話し終え、伏せていた顔を上げる。

結愛さんは……なぜか眩《まぶ》しげに目を細めていた。

「ゆ、結愛さん？」

「……これが若さか」

結愛さんは小さくそう呻《うめ》き、俺が叱《しか》られる原因となったものより遥《はる》かに大きな溜息を吐いた。

「いいわね～青春ドラマって感じで」

「いや、あの……」

「ああ、うん。そうよね。アンタ達にとっちゃ深刻な問題だもんね」

結愛さんは肩を竦《すく》め、じっと俺を見てきた。

「んで、アンタはどうしたいの？」

「え？」

「え、じゃないわよ。前と同じ質問でしょう？」

確かに、この間相談したときも同じことを聞かれた。

「でも、この前とは話が……」

「違わないわよ。そりゃあ朱莉ちゃんをブルーにしちゃったってのはあるけど。もしかして、このまま黙ってボーッとしてれば解決するって思ってはいないでしょう？」

「……もちろん」

何もせずに解決できると思っていれば、こんなに悩みもしない。

それに、俺がどうしたいかというのだって――

「もちろん、誤解を解いて……いや、それだけじゃない」

それじゃあ合コンに参加したって知られる前に戻るだけ。

有《あ》り体《てい》に言ってしまえば、俺は、朱莉ちゃんともっと仲良くなりたい。

俺にとってそうであるように、彼女にも俺のことをもっと特別に感じて欲しい。

これからもずっと一緒にいられるように。

「ちゃんと分かってるなら、悩む必要なんかないでしょ。一回一回、壁にぶつかるたびに立ち止まって、しゃがみ込んでちゃ心が持たないわよ」

「うん……」

「絶対失敗しない人生なんてないんだから。失敗したり、誤解されたり……それでも時間は戻らないから、後悔引きずって余計最悪な状況を招かないために、今できることをちゃんとやっていかないとね」

　時間は戻らない。後悔してももう遅い。

　けれど、未来なら変えられる。

　……なんだか、クサい言い回しではあるけれど、それが現実だ。

　全て、結愛さんの言う通り。どんなに悩んでも、何が正解か分からなくても動かないわけにはいかない。

「仏の顔も三度までって言葉あるじゃない？」

「え？　う、うん」

「でも、アタシは所詮欲《しょせんよく》に塗《まみ》れた人間だし、仏さんほどできてもないから、まぁ二回までがギリギリ限界ってところね」

　つまり、次また同じようなことでうじうじ悩んでいたら許さない、ということらしい。

容赦《ようしゃ》ない人だと思いつつも、その潔《いさぎよ》さに救われる自分もいる。

俺にとって、こうも恋愛に向き合うのはまだ慣れないし、分からないことだらけだ。

見てもない未来のことを考えて尻込みもするし、軽率《けいそつ》な行動で彼女を傷つけてしまうこともある。

もちろん、それが良いなんて思わない。こんなんじゃ朱莉ちゃんにもいつか、もしかしたら今回の件で見限られてしまうかもしれない。

決めるのは朱莉ちゃんだ。でも、ただ彼女に全てを押しつけて、俺は待つだけなんて嫌だ。

もしも動いて、結果的に余計に傷口を広げることになったとしても……まぁ、絶対に後悔はするけれど、ただ立ち止まっているよりはマシだ。

「……よし」

腹は括《くく》った。

バイトが終わり、今後のシフトについて話し終えた後の帰り道で、俺はスマホを開く。

朱莉ちゃんと撮ったツーショットの壁紙にほっこりしつつ、電話アプリを開いた。

「もしもし。ちょっと聞きたいことと、言いたい文句があるんだけど」

電話相手の無駄に能天気な声に若干《じゃっかん》イラッとして、つい必要のない悪態を吐きつつ、俺は用件を伝える。

ずっと、こうしようと思っていた選択肢の一つ。

いざ決めると不安もないわけじゃないけれど、やるしかないと追い込んだ分だけ、体は軽くなった気がした。

第5話 クリスマスイブ

「それではこれで対策授業を終えます。みなさん、良いクリスマスを」

壇上に立つ講師のそんな言葉で、全四回、各九十分続いた私大文系対策授業は終わった。

教室の前方席を陣取り、授業が終わると同時に質問をしに駆け出す熱量の高い生徒達を眺《なが》めつつ、私は陰鬱《いんうつ》な気分で溜息《ためいき》を吐《つ》いた。

お母さんに勧《すす》められてやってきたこの予備校の講義。確かに勉強になったし、入試と同じ位の長時間集中するというのはいい経験になったと思う。

受験に向けての準備としてはこれ以上ないと言えるだろう……でも、

——みなさん、良いクリスマスを。

講師も気を利《き》かせたのだろう。そんな一言が私の胸を抉《えぐ》る。

そう、今日はクリスマスイブ。そして私の誕生日。

だというのに……!

(結局先輩に謝れてない……!!)

受験とは別に、私には頭の中を大きく占領《せんりょう》する悩みがある。

それは、先輩と気まずくなってしまっているということだ。

そのきっかけは、一週間ほど前に遡《さかのぼ》る。

◆◆◆

その日、兄から突然電話が来た。まぁ、なんの脈絡《みゃくらく》もなく電話が来るのはよくあること。

私は一方的に近況を喋《しゃべ》り続ける兄の声をラジオ感覚に、勉強をしながら聞き流していたのだけど——

『いやぁ、昨日求《もとむ》と合コン行ったんだけどさー!』

「……え?」

勉強に集中しながらも、その言葉はすっと耳に入ってきてしまって、聞き流すことができなかった。

「お、お兄ちゃん？　先輩と合コン行ったたって……」

『ああ、昨日な〜！』

お兄ちゃんはそれから、居酒屋初めて入ったけど楽しかったとか、女の子みんな可愛《かわい》かったとか、でもやっぱり長谷部《はせべ》さん（お兄ちゃんの彼女）が一番だとか、延々そんなことを話していたけれど、どれも耳に入ってこなくて――

（せ、先輩が合コン⁉　なんで、どうして⁉）

頭がぐるぐるして、勉強どころじゃなく倒れてしまいそうになる。

でも、なにかの誤解かもしれない。とにかく、お兄ちゃんからもっと詳しく聞かないと……！

『ん、おお、もう出る時間だ！　元気な声聞けて良かったぜ！　勉強頑張れな！　それじゃっ！』

「え⁉　ちょっと、お兄ちゃん！　待って‼」

お兄ちゃんはそう一方的に言い切って、電話を切ってしまった。

虚《むな》しく電子音が響く。私はすぐさま電話をかけ直したけれど……出ない。

メッセージを送ったけれど、既読もつかない！

「なんて自分勝手な……⁉　で、でも、お兄ちゃんのつまらない冗談かもしれないし！」

　そう自分を納得させるように言ってみるけれど、お兄ちゃんの作り話にしては変にリアリティがある気もする。

（信じたくない……けど）

　もしも本当に、先輩が合コンに参加したなら。

　例えば、友達に誘われて断り切れなかったとか……？

　それなら仕方ないと思う。先輩が飢えた狼達の前に晒《さら》されるのはやっぱりつらいけど。

　でも、もしかしたら……先輩が私に愛想を尽かして、本気でパートナー探しのために合コンに参加したって可能性も、微粒子レベルでは存在するわけで……!!

（そんなのありえない、絶対ない……！　そもそもお兄ちゃんの作り話って線だって消えてないし！　きっとそう！　たぶん、そう……）

　私はそう自分に言い聞かせる。

　でも、自分に言い聞かせたって、答えが出るわけじゃない。

　答えを知るには、それはもう、先輩に直接聞くしかないわけで……。

「そもそも、こんな話、どうやって切り出せば⁉」

　先輩、合コン参加してました？　なんてストレートに聞けば、まるで本当に浮気を疑っているみたいだ。

それに、もしもそれで誤解が解けたとしても、変に疑ったことが後々大きな亀裂《きれつ》に発展したりって可能性もある。

「そうだ。りっちゃんに相談してみるとか……ううん、それは駄目」

もしもこれをりっちゃんが知れば、問答無用で先輩に聞こうとするに違いない。

そうしたら私は大丈夫でも、先輩とりっちゃんの間に亀裂が入るかもしれない。

「うう、どうしたら……！」

私は頭を抱え、勉強どころではなくなってしまった。

先輩を信じたい。でも、先輩に見限られないと思えるほど自分を信じられない。

だって私はまだ高校生……子供だ。

大学とか、外の世界には大人の、先輩にお似合いな人がもっとたくさんいるかもしれないのだ。

先輩は、それでも私のことを好きって言ってくれたけれど、でも、不安はどんどん湧《わ》いてくる。

（先輩に会いたい。先輩の顔を見て、先輩に触れて……そうしたら、きっと安心できるのに）

自分の弱さが嫌だ。

先輩との距離が、ひどく胸を締《し》め付《つ》ける。

前までは少し顔を見られただけで心が温かくなっていたのに、今は寂《さび》しさにどんどん気持ちが蝕《むしば》まれていく気さえしてしまう。

「……駄目。こんなんじゃ、逆に先輩に合わせる顔がないよ。もっと頑張らないと。もっと、もっと……」

私はそう呟《つぶや》きつつ、再び勉強に向き合った。

でも、さっきまでの集中力はもう戻ってこなくて……問題一つ解くにもいつもの何倍も時間を要して、結局課していたノルマの半分も進まなかった。

◆◆◆

「どうしよう、どうしよう、どうしよう……!!」

その翌日、私はやらかした。やらかしてしまった!!

あまりにも気持ちが沈《しず》んで、名状しがたい悪夢まで見て、その結果、その結果……!

「なんで先輩に電話しちゃったのぉぉぉ!?」

私はとうとう……というか、早々に耐えきれなくなり、半《なか》ば無意識のうちに電話で先輩を問い詰めてしまったのだ！

これまで、勢いで先輩の下宿先や実家に飛び込んで上手くいっていたから、そんな成功例に背中を押されたせいか、弱り切った私は深い考えもなく動いてしまった。

それで、先輩に合コンに参加したかを聞いて……その反応から、参加したのが本当だったってことが分かった。

その時点で私のメンタルはもうどん底に落ちてしまった。

先輩は、参加した理由も説明してくれたけれど、私はまともに受け止められなくて、平静を装《よそお》おうとするので精一杯だった。

そして、時間は過《す》ぎて――現在。

今となっては、私の勢いは、年を食った風船のようにしぼんでしまっていた。

その場はなんとか上手く切り抜けられたと思っていたのだけど、後々考えたら、そりゃあもう絶対声に動揺が出ていたし、会話の内容もほとんど覚えていないし……絶対、先輩にも私の挙動不審は伝わってしまっていたはず。

実際あれから、メッセージでやりとりしていても、どうにも気まずい感じというか、まともに顔が見られないというか……いや、実際に顔を合わせているわけじゃないし、私が勝手にそう感じているだけかもしれないけど！

（結局、今日のことだって、全然話せなかった……）

とうとう迎えてしまった十二月二十四日。

今年も例年通り、家族でちょっとしたクリスマス＆私の誕生日パーティーが行われる予定になっている。

今日の夜ご飯は、お母さんが存分に腕を振るって、一年で一番のご馳走《ちそう》を用意してくれるのだ。

お兄ちゃんはいないけれど、いつも通りはいつも通り……なのに、今までとは違って、気持ちが沈んで、苦しい。

別に盛大にお祝いしてほしかったわけじゃない。受験前だし、先輩は私の人生を考えた上で気を利かせてお祝いを遠慮するってことも全然ありえる。

でも、せっかく先輩と付き合えるようになったのに、何もないのはやっぱり寂しく思ってしまう。

どっちつかずで、煮え切らない。そのくせ我《わ》が儘《まま》で、求めてばかり。

そんな自分が嫌になる。

「外、雪だって！」

同じ講義を受けていた子の声で、はっと意識を戻す。

こんなところでボーッと考え事をしている場合じゃない。

帰りが遅くなったらお母さん達も心配するし、今日の復習だってしなくちゃいけない。

そうだ、クリスマスイブとか、誕生日とか、そんなんで浮かれてる場合じゃない。

年が明けたらすぐに来る受験本番に備《そな》えて、今は一分一秒を惜《お》しんで勉強に費《つい》やすべきなんだ。

（でも、雪かぁ。傘《かさ》持ってないなぁ）

たしか天気予報だと夜は曇りだったはずだけれど、雪なら傘がなくても大丈夫かな。

マフラーをぎゅっと巻き直し、予備校の外に出る。

真《ま》っ暗《くら》な空。白い粉雪。

普段よりちょっと活気づいた街並み。騒がしい喧噪《けんそう》。

私はそれら一切を無視して歩き出して……すぐに、足を止めた。

思わず、止めてしまっていた。

（うそ……⁉　でも、見間違えるわけない……！）

まるでそこだけスポットライトが当たっているみたいだった。

自分でもびっくりだけど、分かってしまうんだ。

人がたくさん歩いていて、普通に見逃してしまいそうなのに、どうしたって勝手に見つけて、胸を高鳴らせてしまう。

遠くから見つめるしかなかった、あの頃も。

手を繋《つな》げるようになった、今も。

あの人は私にとってどうしたって特別で、大切で……なんだか、目の奥がじんわりと熱くなってしまう。

「……やあ」

本来ここにいるはずのない、いや、いるなんて思ってもいなかった彼は、私が彼を見つけると同時に私を見つけて、控えめな足取りで目の前まで来ると、少し気まずげにはにかんだ。

「先輩……？　どうして、ここに？」

「あー……」

先輩は若干《じゃっかん》気まずさを濃くしつつ、頭を掻《か》く。

そして、何か言い訳を考えるみたいに視線を逸《そ》らし……でも、すぐにハッとしたように首を振る。

なんだか、そんな仕草を見ているだけで、先輩の考えていることが分かってしまうし、同時に胸の中にあったモヤモヤが消えていった。

「朱莉《あかり》ちゃんに会いたかったんだ」

僅《わず》かな葛藤《かっとう》の末出てきた、真《ま》っ直《す》ぐすぎる正直な笑顔。

それを受けて私は、やっぱりカッコイイとか、ちょっと可愛いとか、そんなことを考えつつも――

「う、あ……」

それ以上にドキドキしてしまって、まともに返事できなかった。

私に会いたい、なんて飛《と》び跳《は》ねるほど嬉《うれ》しいけれど、同時にパニックにもなってしまっていた。だって、やっぱり、先輩がどうしてここにいるのか分からなくて。

私はついつい、自分のほっぺたをつねってしまう。

「夢、じゃない……」

「あはは、驚かせちゃったよね。何も言ってなかったから」

先輩は気遣《きづか》うように笑うと、私に手を差し出してきた。

「良かったら、ちょっと歩かない？」

「は、はい。ぜひ！」

私は食い気味に頷《うなず》くと、慌てて先輩の手を取った。

私も先輩も手袋をしていて、だから直接触れたわけじゃないのに……なんだか、すごく温かかった。

◆◆◆

先輩の口調は、とりあえずといった感じだったけれど、その足取りは迷いなく、ある場所に向かっていた。

（こっちって……）

疑念はすぐに確信に変わる。

さっきまでいた通りとは段違いに人が多くて、活気があって、眩《まぶ》しい。

私も知っている。毎年この時期になると観光客だって訪れる、有名なイルミネーションスポットだ。

街道の木々に括《くく》り付《つ》けられた灯《あか》りがまるで昼だと錯覚《さっかく》させるくらい眩《まばゆ》く輝く。

月並みだけれど、まるで銀河が目の前にあるような、そんな雰囲気《ふんいき》だ。

「わぁ～……」

「朱莉ちゃん、来るの初めて？」

「い、いえ！　でも、最後に来たのは子供の頃で、あまり覚えてないというか……」

「そうなんだ。実は俺、来るの初めてなんだ」

「え、そうなんですか⁉」

「なんか、地元の観光スポットっていつでも来れる気がしてさ。一緒に来るような人もいなかったし」

先輩はちょっと恥ずかしそうに笑う。

でも、一緒に来るような人がいなかったってことは、私がそういう初めての人ってことで……なんか、にやけそう。

「でも、想像以上に綺麗《きれい》というか、壮大というか……朱莉ちゃんと一緒に見られて良かった」

「は、はひ……」

先輩の無邪気な笑顔に、私は顔が熱くなるのを感じた。

なんていうか、花火とかのときもそうだけど、こういうときの先輩はなんかこう、遠慮がない！

「せっかくだし、ちょっと歩きながら話そうか」

「はいっ！　あっ、でも一応遅くなるってお母さんに連絡してもいいですか？」

「ああ、そうだね。ごめん、気が利かなくて」

「いえっ、すぐにすませますから！」

正直私も忘れていた。予備校を出る前までは覚えてたのに。

（ええと、『ちょっと帰り遅くなる』でいいや！　送信！）

私はあまりに簡素すぎるラインを母に送り、すぐにスマホをしまった。

今は先輩と一緒にいる、この奇跡みたいな時間を一秒だって無駄にしたくなかった。

「すみません、お待たせしました！」

「ううん、全然。大丈夫だった？」

「ええと――……はいっ！」

まぁ、お母さんもあまり気にしないだろう、と返事を待たなかったんだけど。

私は追及されるのを避けるために、自分から先輩の手を取って歩き出した。

そんな私に、先輩もそれ以上親のことは聞いてこなかった。

もしかしたら、私が適当《てきとう》に誤魔化してるのに気付いただろうか？

先輩が手を握り返してきた力が、さっきよりちょっと強い感じがして、なんだか「両親に迷惑をかけないように、絶対に自分が守る」と主張しているように感じられて……

って、これはちょっと、というかかなり、私の勝手な妄想が入っちゃってるかもしれないけれど！

先輩と手を繋ぎながら、イルミネーションに彩られた街道を歩く。

雪はパラパラと、本当に傘がいらないくらいしか降っていなくて、イルミネーションの光を反射させてキラキラ輝いていて……十年に一度恵まれるかどうかの幻想的なホワイトクリスマスを描き出していた。

そんな素敵な夜を、先輩と過ごせるなんて……！

「ごめんね、朱莉ちゃん」

「え？」

「あの……電話のこと」

「あー……」

先輩の言いたいことはすぐに分かった。

そしてやっぱり、私の応対が先輩に深い傷を残してしまっていたことを思い知らされた。

「多分電話で話しただけじゃ余計《よけい》に不安にさせたと思って」

「そ、そんなことないです！　すみません、先輩。私の方こそ、ちゃんと聞けてなかったというか……」

「ううん、朱莉ちゃんが悪いことなんて何もないよ。それで……言い訳がましいかもしれないけれど、もう一度説明させて欲しいんだ」

先輩はそう断ってから、改めて合コンの経緯と、そこで何があったのかを説明してくれた。

話はスムーズで、簡潔で、たぶん何度も何度もどう説明しようか考えてたんだろうなって分かった。

その真摯《しんし》さが嬉しくて、私はやっぱり口の端を緩《ゆる》ませてしまう。

「えっと、そんな感じで、朱莉ちゃんを嫌いになったなんて絶対ないし、俺は君のこと……」

「ふふっ、分かってますよ」

私はそんな先輩を前に、つい堪《こら》えきれずに笑みを溢《こぼ》した。

「え？」

「実は、兄から連絡があったんです。自分のせいで誤解を与えてしまったって」

ついこの間の話だけれど、兄がまた電話を掛《か》けてきて、謝ってきたのだ。

そして、先輩がお兄ちゃんに巻き込まれたことや、亀裂の入りかけていた兄と兄の彼女さんの間を取り持ってくれたことを教えてくれた。

――求はお前を裏切るような奴《やつ》じゃないんだ！　俺、自分のことでいっぱいで、変なこと言っちゃったかもしれないけど……とにかく、信じてくれ！

私は、あまりに必死なお兄ちゃんの声を思い出して、また笑ってしまう。

そんな私の話を聞いて、先輩はぽかんと口を開けて固まっていたが、すぐに気を取り直すと、思いっきり大きな溜息を吐いた。

「あいつ……そんな必死に言ったら、余計怪《あや》しいだろ……」

「ふふっ、でも必死すぎて、信じないと可哀想《かわいそう》なほどでしたから」

「そう言われちゃ、あいつも形無《かたな》しだな」

先輩はそう肩を竦《すく》める。

そして教えてくれた。先輩は、私がクリスマスイブのこの時間にどこにいるかお兄ちゃんに聞こうとして、そのときに私が合コンのことを知ってしまったことを話したらしい。

「俺的には、『余計なこと言ったんだから、文句言わず教えろよ』的なニュアンスだったんだけど……まさか、あいつがそんな負い目に感じるなんて思わなかった」

「そういうタイプじゃないですもんね、うちの兄」

「ああ、なんていうか一々《いちいち》適当で、いい加減で……いや、でも、そうか。あいつはいつも、朱莉ちゃんのこととなると目の色変えてたからな」

先輩は納得するように、うんうん頷いた。

「それじゃあ、昴《すばる》のおかげで……」

「はい、先輩がどういう意図でその合コンに参加されたのかは分かってたんです。それに……」

ああ、口が勝手に動く。

「先輩が、どれだけ私のことを好きでいてくれているか……今日、先輩の姿が見えた瞬間に分かりましたから」

「あ……」

また、先輩が驚いた顔を見せる。

けれど、さっきとは違って、顔が真《ま》っ赤《か》だ。

「……でも、受験前のこの時期に、結局朱莉ちゃんに何も言わないまま押しかけて良かったのかなって」

「そんなの、当たり前じゃないですか！」

私は、私のことを先輩が真剣に考えてくれて、それで私のために答えを出してくれたのが嬉しい。

仮に先輩が、今日は会わないと決めたとしても、きっと同じ――

……ううん、違う。

そんなお利口《りこう》なこと言えない。

私は……私は、ただ、こうして先輩に会えることが嬉しい。

嬉しいなんて言葉じゃ言い表せないくらい、嬉しい！

だから、先輩が会いに来てくれたことは間違いじゃない。

「……私、先輩と一緒にいると悪い子になっちゃうみたいです」

「え？」

「いえっ、何でもありません！」

先輩に説明するのはちょっと恥ずかしい私の本音。

私のモチベーションは、あの日、先輩と出会った日から変わらない。

先輩に相応《ふさわ》しい人になりたくて、先輩に振り向いて欲しくて、そして、先輩と一緒にいたくて。

……だから、逆に先輩が離れてしまうと感じることがあれば、気持ちが落ちちゃうのは自分でも良くないなと分かっているけれど。

そんな、依存していると言われてしまいそうな、愚《おろ》かで、けれどどうしようもない本当の自分の姿を感じつつ、私は先輩と歩く。

開き直っている、というんだろうか。でも、不思議と気持ちは軽い。

「あっ、先輩！　大きなクリスマスツリーですよ！　一緒に写真撮りましょう！」

「うん」

街道の中央に設置された、巨大な光でできたクリスマスツリー。

幻想的な光景を前に、私はついつい先輩の手を引っ張る。

永遠に続いて欲しい幸せな時間。

今日だけじゃない。ずっと、いつまでも続いて欲しい。だから——

「それじゃあ、撮りますね！」

スマホをインカメにして、先輩の腕に抱きつくようにぎゅっと身を寄せる。

背景にクリスマスツリーを写しつつ、主役はやっぱり私達。

今この瞬間の幸せを切り取って、永遠に噛《か》みしめられるように……私はそんな願掛けをしつつ、シャッターを押した。

◇◇◇

来て良かった。

朱莉ちゃんの笑顔を見たら、素直にそう思えた。

照れ隠しのように思わず漏らしてしまった弱音も、真《ま》っ向《こう》から否定され、どうしてあんなに悩んでいたのかと思ってしまうほどだ。

手を繋ぎ、隣を歩く朱莉ちゃんはご機嫌に鼻歌まで唄《うた》っている。そこかしこから流れてくるクリスマスソングだ。

「なんだか、歩いてるだけで楽しいですね」

朱莉ちゃんが不意にそう言ってくる。

実は俺もまったく同じことを思っていた。

このイルミネーションは、時間帯で姿を変えたりするような趣向はなく、常に同じ形を見せてくる。

つまり、元も子もないことを言ってしまえば、一瞬見ただけで満足しようと思えばできるのだ。

新鮮さを与えてくれるアトラクションもない。心躍るストーリー性もない。

それでも飽《あ》きない。ずっとここにいたい。

なぜなら、俺の隣に、彼女がいてくれるから。

退屈だって、退屈じゃない。

このまま時間が止まればいい。そう年甲斐《としがい》もなく思ってしまうほどに。

(でも……そう思うのは、今が限られた時間だからだよな)

朱莉ちゃんと会って、三十分くらい経《た》っただろうか。残り時間はそう多くない。

「朱莉ちゃん、今日は家族でパーティーなんだよね」

「え？　あ……それも、兄から？」

「うん。毎年恒例だって。まぁ、あいつは帰ってこないみたいだけど」

詳細は聞き出さなかったけれど、長谷部さんと一緒にいるのは間違いない。

「……先輩がよければ、このまま連れ去ってくれてもいいんですよ？」

(うっ……⁉)

まるで小悪魔のように、朱莉ちゃんがそんなことを囁《ささや》いてくる。

どこか蠱惑的《こわくてき》で、からかっているようにも見える。

そんな彼女にドキッとしつつ、俺は理性的に首を横に振った。

「せっかく用意してくれてるんだ。さすがに家族団らんの時間を奪うのは気が引けるよ」

「ふふっ、そうですよね」

俺がそう答えると彼女も分かっていたのだろう。

特に落ち込んだり、失望した様子はない。

けれど、そうなると、もしも俺が彼女を誘ったら、ついてきてくれたかどうかも気になってくる。

……いや、それを選べないから俺なんだけどさ。

「そうだ。予備校はどう？」

「勉強になります。特に試験中の時間の使い方とか、丁度良い気合いの入れ方とか」

「確かに、この時期になるとそういう話も増えるよね。試験会場に入った瞬間緊張して、頭の中真《ま》っ白《しろ》になる人とかいるし」

「先輩はどうでした？」

「俺は……なんだかんだいつも通りだったかな」

合格したいと思いながらも、人生を賭けた大勝負と言えるほどの意気込みはなかった気がする。

先に決めた昴には悪いけれど、大学は他にもあるし……って感じで。

「へぇ……さすが先輩！」

「いや、そんな目を輝かせるほどじゃないから！　なんか、今思えばただただ呑気《のんき》だったってだけっていうか……あまり誇れることじゃないと思う」

「いいえ、実際先輩はそれで合格されているわけですから。私も見習って、ちょっと肩の力を抜くべきなのかも……」

「まぁ、そういうのは性格もあるから」

俺の体験談が朱莉ちゃんにとって余計なアドバイスになってしまったら大変だ。

朱莉ちゃんは開き直ると余計に心配になってしまうタイプだ。旅行はがっちり計画を立てる、みたいな。

「って、真面目《まじめ》な話ばかりしてちゃつまんないよね。こんなときまで、ごめ――」

「いいえ。そんなことないですよ」

朱莉ちゃんはにこりと笑う。

「私も、先輩とこんな話したかったですもん。とはいえ、私のはちょっとした『頑張ってるアピール』ですが」

そう言いつつ、しゅるっと俺の手を離す朱莉ちゃん。

なんともあざとい。もちろん良い意味で。

俺は解放された手で、優しく彼女の頭を撫《な》でる。もちろん、雪で冷たくなった手袋は外して。

朱莉ちゃんの髪はほのかに濡《ぬ》れて手に吸い付いてくる。

けれど、不快感はない。むしろ、なんというか……ちょっと艶《なま》めかしい感じがする。

なぜか。

「んふふ」

朱莉ちゃんは気持ちよさそうに撫でられている。

すっかり目尻も頬《ほお》も緩ませて、とてもリラックスしてくれているみたいだ。

「先輩が受験中、隣の席で頭撫でてくれてたらいいのになぁ」

「あはは……」

それは中々異様な光景だろうな。

仮に許されたとして、俺の腕は攣《つ》るだろうし、朱莉ちゃんも緩みすぎて問題を解くどころじゃないだろう。

「せめて、この撫でられている感触を覚えて、試験の休憩時間に思い出せれば！」

「その努力は、別の方向で活《い》かした方がいいんじゃないかな……？」

本気かどうかは分からないけれど、真剣な面持ちの朱莉ちゃんに、俺も真面目にツッコんでしまう。

そして、なぜかお互いじっと見つめ合って……同時に吹き出す。

「ふふふっ」

「ははは」

内容的には大したことはない。後から思い出しても、きっとなんでこんな下らないことでって思うだろう。

でも、この緩さが良い。

頑張らなくていい。一生懸命面白い話題を考えなくていい。

自然体のまま、いつも通りの自分のままで、パズルのピースみたいにカチッとはまる。

この関係が、凄《すご》く心地よい。

だからこそ……離れるのが余計につらいのだけど。

「……そろそろ、帰らなきゃいけない時間だよね」

時間は夜の八時を回った。

家族が待つ朱莉ちゃんをこれ以上独占するわけにはいかない。

「……でも、せっかく来てくれたのに」

朱莉ちゃんは俯《うつむ》きながら、拗《す》ねるように呟く。

名残《なごり》惜《お》しい気持ちは嫌というほど伝わってくる。俺もそうなのだから余計に。

けれど俺にも、年上としての、彼女を守る彼氏としての矜持《きょうじ》がある。

「あ……」

朱莉ちゃんが小さく声を漏らした。

俺が、彼女の手を引いて駅に向かい始めたから。

「送るよ。できるだけ、長く一緒にいたいから」

「っ……！　はいっ！」

俺に言えるのはそんななけなしの本音だけ。

今は、まだ。

◇◇◇

朱莉ちゃんを家に送るため、駅に足を向けてから、俺達はほとんど会話を交わさなかった。

別に気まずかったわけじゃない。ただ、いざこの時間が終わるとなると、話していないことがたくさんある気がして、けれど、いくら話しても決して満足いかず未練ばかりが増えるって分かっているから……。

なんとも表現しづらい感覚だけれど、きっと朱莉ちゃんも同じような気持ちだったと思う。

これが恋愛。そしてこれが一時的とはいえ、別れ。この寂しさには一生慣れそうにない。

朱莉ちゃんと過ごした時間は一時間足らずだった。

俺はもうすぐ朱莉ちゃんと別れて、一人で新幹線に乗って下宿先へと帰る。

このためだけに来たんだし、朱莉ちゃんに会えたこの時間はかけがえのないものになった。後悔はない。

でも、名残惜しい。

こんなことをこれからも繰り返していくのだろう。たとえ朱莉ちゃんの受験が上手くいって、同じ大学に通えるようになったとしても、一分一秒、離れず一緒にいられるなんてことはないのだから。

彼女と一緒に過ごして、好きになって、結ばれて……たくさんのものを貰《もら》った。

その喜びに比べれば、この寂しさも耐えられる。

「駅、着いちゃいましたね」

朱莉ちゃんがぽつりと呟いた。

気が付けば、もう朱莉ちゃんの最寄り駅に着いていた。

ここから歩いて十分足らず……この時間が終わる。

「朱莉ちゃん、少しだけ遠回りしない？」

俺は、改札を出ると同時に、朱莉ちゃんにそう提案した。

目前に迫る別れへのほんの僅かな悪あがきっていうのも多少含まれているけれど……

今日、どうしても果たさなければならないことがまだ残っていた。

「はい、ぜひ！」

朱莉ちゃんは何も疑うことなく、素直な笑顔で頷いてくれた。


雪は少しばかり勢いを増していた。

まだ傘を差さずにいられる程度だけれど、帰ったらコートが濡れてうっとうしくなるくらいの……まぁ、そんな感じ。

とにかく、朱莉ちゃんが風邪《かぜ》を引いたら大変だ。長く外にいるのは良くない。

(まるで天候に背中を押されているような……そんな感じもするな)

遠回りを提案した俺だけれど、その道中に何か目的があったわけじゃない。

ただ、心臓をばくばくと跳ねさせる緊張を、少しでも鎮めたかったからというのが大きい。

「どうかしましたか、先輩？」

「え？」

「なんだか、表情が渋いというか」

朱莉ちゃんが俺を心配するように見上げてくる。

緊張のあまり、顔に出てしまっていたらしい。つい口元を手で覆《おお》って隠すけれど、当然指摘された後では意味がない。

「実は、ちょっと緊張してる」

「緊張、ですか？」

朱莉ちゃんが首を傾《かし》げた。

ついさっき、受験で緊張しなかったと偉そうに言った俺だけど、正直今この瞬間、受験なんて比にならないくらいの緊張に襲われていた。

今日、ここに来た理由の一つ。

もしも緊張に負けて、それを果たせなければ、確実に後悔する。自己嫌悪で、しばらく帰り道の駅のトイレに引きこもるだろう。

「ふぅ～……」

深く息を吐いた。

真っ白に染まった息が、暗闇に浮かび、静かな住宅街の街灯に照らされ、消える。

シチュエーションとしてはロマンチックでもなんでもない、ただの道ばただけれど、

残念ながら俺にはまだ、煌《きら》びやかなイルミネーションの下で、衆人環視に晒《さら》されたまま

行動を起こせる胆力《たんりょく》は備わっていなかった。

それはまた、いずれ……いや、いつか備われば、だな。

「朱莉ちゃん」

「はい？」

街灯の下で立ち止まり、名前を呼ぶ。

朱莉ちゃんも俺に合わせて止まり、改まる俺に首を傾げた。

「その、ええっと……これっ」

なんだか妙に面映《おもは》ゆく、そして緊張もあって……俺はとても簡素すぎる言葉と共に、

リュックからそれを取り出し、朱莉ちゃんへと差し出した。

サンタやクリスマスツリーのデフォルメされたイラストが描かれた小さな紙袋。

今日という日を思えば、誰だってそれが何か分かるだろう……朱莉ちゃんは、はっと目を見開いた。

「メリークリスマス……にはちょっと早いけれど。あと、ハッピーバースデー」

もっと上手い言い方があるだろうに。

そう冷静な自分が脳内で溜息を吐くけれど、でも、伝えたいことは伝えられた。

朱莉ちゃんは目を大きく見開きつつ、ゆっくりと手を伸ばし紙袋を受け取ってくれた。

「あ、開けてもいいですか？」

「もちろん」

そう言いつつ、心臓がまたどくんと跳ねる。

即《すなわ》ち、俺の緊張は……朱莉ちゃんがこのプレゼントを喜んでくれるかどうか、ということだった。

これまでの人生で、こんな風に誰かに改まってプレゼントをするなんて、肉親以外になかった。

ましてや相手は初めての恋人だ。異性だ。

男として生きてきた十九年で培《つちか》ってきた感覚には頼れない相手。

ネットの記事を見つつ、店員さんに相談しつつ、なんとか選んだんだ。朱莉ちゃんに喜んでほしいけれど、受け入れてもらえるだろうか。

そんな風に心臓をバクバク跳ねさせながら見守る中、朱莉ちゃんは袋の中身を取り出す。

「あ、可愛い……！」

朱莉ちゃんはプレゼントの中身を見て、そう呟いた。

プレゼントに選んだのは、ネックレスだった。

シンプルな形で、普段からつけていても邪魔にならないようなものを選んだつもりだ。

逆に質素すぎると思われるかも……と懸念していたけれど、反応を見ると純粋に喜んでくれているみたいで、内心ホッとした。

「すごく嬉しいです！　毎日つけます！」

「あはは、学校とかで怒られないようにね」

「あ、そっかぁ……じゃあ、大事に使いますね」

朱莉ちゃんはそう言って、ネックレスに目を落とす。

穏やかな目で、じっくり眺めていたが――

「……はっ！」

突然、何かに気が付いたように目を見開くと、巻いていたマフラーを解《ほど》いた。

「先輩、せっかくなのでつけてください！」

胸元を見せつけるようにぐっと張って、朱莉ちゃんはそうねだってきた。

「え、い、今⁉」

「当然じゃないですか。だって、他にタイミングないですし。雪がちょっと冷たいですけど」

だから早く、と急《せ》かしてくる朱莉ちゃん。

まったく想定してなかったけれど、確かに言われてみれば、「つけて」とお願いされるのは普通な気がする。

これは、つけてあげない方が変……だよな？

「わ、わかった」

俺はそう頷き、プレゼントしたばかりのネックレスを受け取る。

大丈夫、つけ方は分かっているし――

「それでは、お願いします」

朱莉ちゃんはそう言って、顎を上げる。

「ええと、こっち向いたまま……？」

「はい」

普通、こういうときは留め具が来る背中を向けるものじゃないだろうか……？

なんか前からだと一気に難易度が上がるというか。

（いや、でもやるしかない！）

俺はそう意気込み、前から、朱莉ちゃんの首の後ろへ手を回す。

人にネックレスをつけるなんて初めてだし、街灯の下とはいえ暗くて見づらい。

（つけ方を知っていても、上手くいかないな……）

なんとか上手くつけようとするけれど、中々チェーンが嚙《か》み合《あ》ってくれず、もたついてしまう。

そうこうしている内に、どんどん前のめりになっていって、気が付けば――

「っ……！」

「うぁ……」

朱莉ちゃんが俺を見上げ、息を飲む。

そして俺も、つい息を止めてしまう。

つけようとするのに夢中になるあまり、俺の顔と朱莉ちゃんの顔が、それこそ鼻先が触れ合うほどに近づいていた……!!

「ご、ごめんっ」

「大丈夫です！　こ、このままで……」

咄嗟《とっさ》に離れようとする俺を、腕を摑《つか》んで止める朱莉ちゃん。

彼女の吐いた息が、そのまま俺の顔を撫でる……そんな距離で、朱莉ちゃんは少し目を潤《うる》ませて俺を見つめてきていた。

「このままで、お願いします……！」

「う、うん。分かった」

大丈夫と言われてしまえば、引くに引けない。

とにかく、早くつけないと！

（こ、の……ついてくれ……！）

焦《あせ》る気持ちに、足掻《あが》いて、足掻いて、そして――

――カチッ！

（よし、ついた！　……っ！）

ようやく留め具がはまった、と安心したのも束《つか》の間《ま》。

「う、あ……」

朱莉ちゃんがやばい!!

すっかり涙目で、顔はもう破裂しそうなくらいに真っ赤で……どう見たって限界だった。

「せんぱい、ちかい、かっこいい……」

「も、もうついたから！　今度こそ大丈夫!!」

そう言いつつ離れようとして……しかし、まだ朱莉ちゃんに腕を摑まれていることに気が付く。

「あ、朱莉ちゃん……？」

「そ、その、せんぱい」

絞り出すような声。

つい心配してしまうけれど、そんな俺の心情を他所《よそ》に、朱莉ちゃんの俺を摑む力が強くなった。

決して逃がさない。

そんな意志を感じさせる。

「わ、私、今日、誕生日なんです」

「う、うん」

「ですけど、プレゼントは一つだけ、ですよね？」

「う……！」

痛いところを突かれてしまった。

いや、もちろんうやむやにするつもりはなかったのだけど。

「ご、ごめん。一つ選ぶのに時間がかかってしまって……」

誕生日の分……というか、二つ目のプレゼントは、また改めて渡すつもりだったのだ。

でも、先に言っておくべきだったかもしれない。きっとがっかりさせてしまっただろうし。

「もう一つのプレゼントも今度、必ず——」

「嫌です」

「……え？」

「だって、誕生日も、クリスマスも今日なんです。なら今日の内に貰わないと、駄目じゃないですか！」

「そ、それはそうだけど……」

一応クリスマスは明日だけれど……どちらにせよ、今日、俺はこの後実家には帰らず下宿先に戻る予定だ。

それにもしも明日渡すチャンスがあっても、一つ用意するので精一杯だった俺が、満足いくプレゼントをそれまでに見繕《みつくろ》えるとも思えない。

「だから、今、ください」

朱莉ちゃんはそんな俺の思考を封殺するように、言葉を重ねた。

明日でなく、今なんて、余計に無理だ！

そう思いつつ、朱莉ちゃんを見返し——

（……あ）

彼女の目を見た瞬間、理解した。

朱莉ちゃんが今、何を求めているのか。

何が欲しいのか……分かってしまった。

「…………」

朱莉ちゃんはじっと俺を見つめる。

力強い視線……けれど、それは勇気を振り絞っているからだ。

「あ、朱莉ちゃん……」

そうだ、今日はクリスマスイブ。

恋人達が、特別な時間を過ごす一年に一度の夜。

そうなるのも、当然の流れだ。

「代わりに……私も、あげます……」

まるでこの世のものではないような、神秘的で妖《あや》しい響きだった。

声が質量を持って、直接脳をとろけさせてくるような、そんな感覚。

彼女に摑まれていなければ、膝《ひざ》を折って倒れていたかもしれない……そう思えるほどに破壊力があった。

「……っ」

朱莉ちゃんの吐息が唇《くちびる》をくすぐり、俺は思わず生唾を飲み込む。

いい、のだろうか。クリスマスとはいえ、本当に、こんな簡単に。

「せんぱい……」

「あ……！」

朱莉ちゃんが緊張と不安、そして期待の入り混じった声で俺を呼び、目を瞑《つむ》った。

そうだ、朱莉ちゃんだって、緊張してて、不安で……それでも俺が応えてくれるって期待してくれている。

だから……気が付けば、俺の中にあった戸惑いは消え去っていた。

「朱莉ちゃん」

意識せず、名前を呼んだ。

朱莉ちゃんはぴくっと反応しつつも、目を閉じたまま俺を迎えようと待ってくれてい

る。

そんな姿が、ただただ愛《いと》おしい。

「君が好きだ」

改めて、気持ちを確かめるように……いや、違うな。

これは誓いだ。

もう絶対に不安にさせない。君の手を離さない。

勇気を出して俺の元に来てくれた君を。俺を真っ直ぐ見つめ、想《おも》ってくれる君を。

俺はこれからもずっと愛し続ける。


そう、誓った。

◇◇◇

「ん……」

顔を離すと、朱莉ちゃんの唇の間から、小さく吐息が漏れた音がした。

ゆっくりと目が開かれる。目の前にいる俺を見つめるその瞳《ひとみ》はとろんと溶けたように滲《にじ》んでいた。

「…………」

「…………」

俺達はお互い無言で見つめ合う。

なんというか、夢見心地とでもいうのだろうか。

触れていた時間はほんの一瞬だったのに永遠のように感じられた。

唇にはまだ、その感触が残っていて……余韻《よいん》がすさまじい。

(……したんだな、俺。朱莉ちゃんと……)

恋人になったんだからいつかは、と思っていた。

けれど、今日、それを迎えるなんて思っていなかった。

「しちゃい、ましたね……」

「う、うん」

うっとりと呟く朱莉ちゃんに、俺はぎこちなく頷く。

なんだか変な気分だ。朱莉ちゃんに顔を見られるのを恥ずかしく感じつつ、目が離せない。

彼女の潤んだ瞳、そして、つい先ほどまで触れていた瑞々《みずみず》しい唇。

手を繋いだり、抱きしめたり……触れるのは初めてではないのに、やはりそれらとは全然違う。

恋人同士として、確実に一歩、関係が深くなった感じがする。

「正直、今まで誕生日とクリスマスが一緒って嫌だったんです。だって、どうしたって二つ纏《まと》めてにされちゃうじゃないですか」

その状況は優に想像できる。

結局のところ俺も、今日をプレゼント一つで迎えてしまったわけだし、何も言えない。

「でも、今日は一緒に来てくれて良かったって思えました！　だって、こんなに素敵なプレゼントが二つも貰えたんですから」

そう言って、ぎゅっと抱きついてくる朱莉ちゃん。

俺の胸に耳を当てるような形になって、当然――

「先輩、心臓すごくばくばくしてますよ」

「う……！」

そりゃあそうだ。

好きな人と、初めて……キスをしたのだから。

そして同時に、もっともっと、朱莉ちゃんが欲しくなってしまっている。

これぱっかりは、俺も自分が男なのだと自覚せずにはいられない。

けれど……

――ブーッ。ブーッ。

「あ……」

朱莉ちゃんの鞄《かばん》から、スマホの震える音が聞こえる。

たぶん、あまりに帰りが遅いから、親御さんが心配して電話を掛けてきたのだろう。

「す、すみません、先輩」

「大丈夫、気にしないで」

朱莉ちゃんは謝りつつ俺から離れると、電話に出て、もう近くまで帰ってきていることを電話の向こうに伝える。

そんな彼女を見つつ、俺は残念に思ったり、ホッとしたり……なんともカオスな心境だった。

(年上の矜持もへったくれもないよなぁ……)

もしも、彼女にタイムリミットがなければ、俺はきっとブレーキが利かなかったと思う。

キスだけじゃなく、もっと先へ、もっと深く……そんな風に思ってしまう。

「うん……それじゃあ、すぐに帰るから。うん、じゃあ」

朱莉ちゃんが電話を切り、落ち込んだ顔でこちらを振り返った。

「さすがに遅すぎる、迎えに行こうかって言われちゃいました……」

「そりゃあ、そうだよね」

時間は確認していないけれど、最寄り駅についてからも随分経《た》ってしまった気がする。

もう十分過ぎるほど時間を貰ったんだ。残念がるのは良くない。

それに……今日は、この幸せな気持ちで終わらせたい。

「朱莉ちゃん、一緒に過ごせて良かった」

「先輩……私もです。本当に、本当に……！」

「だから、来年も一緒に過ごそう。もっと、長い時間を。二人きりで」

「……！」

朱莉ちゃんがはっと目を見開く。

そして、じんわりと涙を浮かべ……嬉しそうににっこりと微笑《ほほえ》んでくれた。

「それじゃあ、今日はめいっぱい家族との時間を過ごしてきますね。だって、来年は先輩に独り占めされちゃうんですから」

「うん。期待してて」

……こうして、俺が一ヶ月以上悩みに悩み続けた、十二月二十四日が終わった。一年後に、大きな課題を残して。

ご両親以上のお祝いなんて、とてもハードルが高い気もするが、絶望感は一切なく、むしろ楽しみという気持ちが大きい。

もちろん、また直前になったら色々頭を悩ますのだろうけれど……だからこそ、喜んでもらえたときの嬉しさも大きくなる。

朱莉ちゃんと別れ、新幹線に乗り込む。今頃、家族でご馳走でも食べているところか……と思っていると、ちょうどラインで写真が送られてきた。

美味《おい》しそうなケーキの載ったお皿を持って破顔する朱莉ちゃんの姿が写っている。とても楽しそうで、可愛い。

俺はそれからも、彼女から何枚も送られてくる報告の写真を眺めながら、充実した気分で帰り道を過ごすのだった。

エピローグ

「いやぁ……素晴らしいな、クリスマスって。キリストに感謝。生まれてきてくれてありがとうと大体二千年越しに改めて伝えたいと思ったね。まぁ、朱莉《あかり》の誕生日を迎えるたびに同じようなこと思ってきたけどさ」

「……そうか」

現在、一月二日。

昴《すばる》は俺の家に押しかけてくると、新年あけましておめでとう、の挨拶《あいさつ》もほどほどに、新年早々、惚気話《のろけばなし》をぶつけてきていた。

かれこれ一時間……いや、二時間にもなるか。延々長谷部《はせべ》さんとの話を得意げに聞かせてくる。

いや、まぁ、ただ惚気話を聞かされるだけならまだいい。

しかし、今回の昴は、ちょっとでもセンシティブな話に触れそうになれば、「おっと、ここから先は菜々美《ななみ》ちゃんと俺だけの秘密だから、かんべんな！」と、ムカつく顔で言ってくる。別に催促《さいそく》なんかしてないのに。

さらに、「彼女は孤独な俺の元に降り立った天使そのもの～」みたいな修飾語まみれなポエムも多く、内容がほとんどない。

そして、終《しま》いにはその薄い内容の話が何度もループするのだ。

もう何度同じ話を聞いたか分からない。というか、自分がどこにいるのか、なぜこんな話を聞かされているのか……ちょっと頭がボーッとしてきた。

「……おい、聞いてるか？」

「ああ、聞いてる聞いてる」

「絶対聞いてないよな⁉」

俺は多分人生で一番スムーズに嘘《うそ》を吐《つ》いた。

あまりにスムーズすぎて、昴にも文句なく伝わってしまうほどだ。

「ったく、せっかく俺がありがたーい話をしてやってんのに」

「どこがだよ」

最近、俺も彼女ができたからと甘く見ていたが、それで調子に乗らせてしまったのだろうか。

「……おい、なんだよその冷め切った目は。それが未来のお義兄様になるかもしれない相手に向ける目か⁉」

「お前好きだよな、義兄ってやつ」

「そりゃあ、お前に『お義兄ちゃん』って呼ばれるなんて愉快だろ？」

「何が面白いんだよ。気持ち悪いだろ、なんか」

「気持ち悪くはねぇだろ。なんなら、今から練習しとくか？　ほら、言ってみろよ」

朱莉ちゃんとそういう風になっても、昴のことをそんな風に呼びたくはない。なんていうか、生理的に。

とはいえ、昴は義兄と呼ばれようとやっきになっている様子……こうなった昴はやっぱり面倒くさい。

なんとか、それらしい理由で気を逸らさないと……と、俺は今日昴に会って初めてちゃんと頭を働かせる。

「……兄弟となると、対等じゃいられないだろ。俺はそんな簡単に親友を失いたくないから」

「お、お前……‼」

昴は俺の言葉に、感激したように目を潤ませる。

「そう、だよな！　俺達は親友だ！　一生の友！」

……チョロすぎないか？

いや、俺から言った言葉ではあるのだけど……。

「そうとなりゃあ、今度は親友のお前に、俺の幸せをお裾分《すそわ》け――」

「いや、それはもう十分！　十分聞いたから!!」

うわ、乗せすぎたか!?

調子を良くした昴が再び話をループさせようとし始めたので、俺はすぐさま止めにかかる。

もしももう一度同じ流れになれば、俺は寝る自信があるぞ。

「んじゃあ、お前はどうだったんだよ」

「俺？」

「朱莉に会いに行ったんだろ？　クリスマスイブにさぁ」

「あー……その節はどうも」

「いや、俺も迷惑かけたしな……」

昴はそう、所在なさげに俯《うつむ》いた。

彼が朱莉ちゃんに、迫真の謝罪をしたことは聞いている。だから、俺も昴に怒りなんかないし、結果的に朱莉ちゃんに隠し事をせずにすんだと思うと良かったと言えなくもない。

(でも、まともにお礼を言いでもしたら、やっぱり調子に乗って、またあることないこと喋《しゃべ》り散《ち》らすだろうしな……)

昴には悪いけれど、そういう意味じゃ今回の件はちゃんと教訓にしないとな。

これからも上手く付き合っていくために……いや、決して都合良く利用しようとか、そういう腹黒いことを考えているわけじゃない。

「んで、朱莉とはどうだったんだ？」

「あ、いやぁ、それは……秘密ってことで」

ということもあり、俺は早速情報を絞ることにした。

……まぁ、朱莉ちゃんとのあの夜のことは、昴に限らず、最初から誰にも話すつもりなんてないけれど。

あの日の思い出は、胸の内で噛《か》みしめていたい。

「秘密ってお前……なんかいやらしいことしたんじゃないだろうな⁉」

「は⁉」

「言っておくが、お前の義兄は諦《あきら》めても、朱莉の兄をやめたつもりはないからな！　俺の目の黒い内は、そういうのは許さないと思えよ‼」

「お、おう」

あまりの剣幕《けんまく》に、俺はただ首を縦に振るしかない。

「で？　やってないんだよな？」

「え？」

やってないって、昴の言ういやらしいこと、だよな。

やってない……でいいのだろうか。

一応……キスはしてしまったけれど。

「……おい、なんだこの間は⁉」

「あ、いやぁ……」

「やったんだな？　やったんだなぁ⁉」

俺が答えを濁《にご》したせいか、勘違いした昴が目を血走らせながら肩を摑《つか》んできた。

あまりの剣幕に俺も内心パニックになりつつ、

「やってない！　なんもやってない‼」

とにかくそう返すしかなかった。

……昴の基準でも、キスはいやらしい行為にならないと信じよう。うん。

「ならいいけどよ」

俺の必死さが伝わったのか、昴は信じて引いてくれた。

「いいか、求《もとむ》。俺は確かに、朱莉との交際は許してやった。けれど、節度ってものをちゃんとわきまえろよ？　そして、朱莉を幸せにしてやること！　悲しませないこと！

お兄ちゃん大好きと言ってもブラコンだって喚《わめ》かないこと‼」

「……お、おう」

もう何度目だろうか。こんな感じの釘《くぎ》を刺《さ》されるのは。

ただ、昴はシスコンで間違いないが、朱莉ちゃんがブラコンかというと……まぁ、言及しないでおこう。

「そんじゃあ、話したいこともあらかた終わったし……一旦《いったん》飯でも食いに行くかぁ！」

「お前、まだ帰んないの？」

「おお。本題はすんだけど、おまけの案件がな」

「おまけ？」

「休み明けの試験とかのノート、写させてもらおうと思って」

「お前、やっぱり何も対策やってなかったのか⁉」

「下手すりゃ半分以上単位落としちまうかもしれないんだ。うちの大学、留年はないとはいえ、単位足りなきゃ結局卒業できないわけだし……頼むな、親友！」

「……やっぱり、親友も撤回していいか」

「なんでっ⁉ 頼むよ、求ぅ！ 今回はマジでやばいんだ！ 次からは心をいれかえてちゃんとノート取るからっ‼」

「お前、前期でも同じこと言ってたじゃねぇか……」

そう惨《みじ》めに抱《だ》き縋《すが》ってくる昴。

そんな親友（仮）を、俺は蔑《さげす》んだ気持ちで見ながらも、振りほどけない。

「………………仕方ないな。本当に今回だけだからな」

「おおっ！ ありがとう、心の友よ‼ お礼に今日の飯は奢《おご》るからな！」

ああ、結局折れてしまった。

俺は、こうやっていつも彼を甘やかしてしまう。記憶に新しいのは昴と長谷部さんに不和が生じたときか。

前回はともかく、今回は冷たく現実を突き付けてやった方が昴のためかもしれない。

けれど……目の前で崖に指だけをかけ、命乞《いのちご》いをする友人の姿を見過《みす》ごすことができようか。

単位如《ごと》きで大げさかもしれないけれど、昴は命乞いが上手い。

なんていうか……真面目《まじめ》にどうするか考えるのが馬鹿らしく思うくらいに。

「たっぷり奢ってもらうからな」

「おうさっ！」

もうすっかり悲愴感《ひそうかん》はなく、得意げに胸を叩《たた》く昴。

そうして家を出た俺達だったが……三が日のためほとんどの店が開いておらず、結局コンビニ飯でお礼をすまされることとなった。

……これ、怒っていいよな？

◇◇◇

年が明けて一ヶ月。

早くも二月を迎え、大学は長い後期休みに入っていた。

そして、今日も今日とてバイトに勤《いそ》しむ俺だったが、この日の閉店直後、なぜかニヤニヤと何か含んだような笑みを浮かべた結愛《ゆあ》さんが声を掛けてきた。

「ねぇねぇ、求」

（……なんか嫌な予感がする）

「なんか嫌な予感がする、って顔ね？」

「……なに？」

正確に心を読まれたが、今更なので、俺は平静を装《よそお》うことにした。

こうすると結愛さんはちょっとつまらなそうにする。ほんのちょっと勝った気分だ。

……心を読まれた時点でかなり負けてはいるけれど。

「まぁ、いいわ」

結愛さんはそんな俺の細《ささ》やかな抵抗を切り捨て、そして、あっさりと言い放った。

「アタシ、またしばらく海外行くから」

「……え？」

結愛さんの言葉が一瞬信じられなくて、聞き返してしまった。

いや、確かにこの人の趣味は海外旅行……というにはちょっと荒っぽい感じの一人旅だけれど。

「結愛さんいなくて、この店はどうするんだよ？」

「別にアタシがいないときだってお父さん一人で回してたのよ。まぁ、メニュー減らしたり、お客さんには普段よりちょっと長めに待ってもらったり……そんな風にほぼ常連専用な感じになってるみたいだけど」

「でも、それじゃあ、最近増えてきたお客さんは……」

「まー、なんとかなるでしょ」

結愛さんはからからと笑う。

喫茶『結《むす》び』は、閉店時間を延ばしたり、期間限定メニューを出してみたり……ここ一年での営業で様々な試《こころ》みを行ってきた結果、順調に客足を伸ばしていた。

元々は伯父《おじ》さんの趣味で始まった店とはいえ、繁盛する分には伯父さんも嬉《うれ》しいらしく、もっとお客さんを喜ばせようと色々案を練っているようだ。

そこでキッチンとホールを回してくれる結愛さんが抜けるのは——

「アンタがいるじゃない」

「いや、俺はバイトだし、それにまだ仕事だってあまり……」

「ホールはもう十分アンタ一人でも回せるわよ。そうなるよう鍛《きた》えてきたんだから」

「そんな、一人前なんて褒《ほ》められたことないけど」

「ほら、アタシ口下手だから♪」

……心にもないことを。

でも、意味もなく褒める人じゃないし、ずっとどう思っていたかはともかく、さっき一人で回せると言ってくれたのは嘘ではないんだろう。意味のない嘘はたくさん吐くけれど。

「それに、もう一人増えるでしょ？」

「もう一人って……もしかして朱莉ちゃんのこと？」

「ええ。料理の腕も中々みたいだし、アタシもこれまでのレシピ全部残してるから、きっと大丈夫！」

「そんな適当《てきとう》でいいのかなぁ……」

たとえ俺がホールとして一人前だろうが、朱莉ちゃんが本当に『結び』で働くようになって結愛さんのレシピを再現できるようになろうが、俺達が本業学生のアルバイトであることには変わりない。

当然毎営業日にフルで入れるわけじゃなく、どうしたって穴は空《あ》く。

そもそも、司令塔としての結愛さんの能力は、とても代わりが利《き》くものじゃ——

（……いや、そんな結愛さんを、いつまでもここに括《くく》り付《つ》けておくのが無理ってもんか）

元々結愛さんは自由人だ。

ふらっと気が向くままに国内外を旅し、ふらっと帰ってきて、またいなくなる。

この一年、ずっと『結び』で働いていたのがレアだったわけで……たぶん、それはさっき彼女が言っていたとおり、俺を鍛えるためだったんだろう。

「……次はどこ行くの」

「ん？　もう引き留めなくていいわけ？」

「結愛さんが決めたんだ。伯父さん達も止めないだろうし、俺がどうこう言うのも変だろ？」

いつまでも甘えてちゃだめだしな。

それに、自由な結愛さんの方が結愛さんっぽい。

「今度はそうねぇ……無難に東南アジアらへんでもぶらつこうかしら。しばらく行ってないし」

「へぇ……」

「ああ、ちゃんとお土産《みやげ》は買ってくるから期待してなさいよ？」

「なんか、いかにも呪われてそうな謎の人形とかじゃなければいいよ」

「失敬ね。そんなの買ってきたこと……」

「あるよ！　何度も‼　幼いながらトラウマになったんだからな⁉」

「……へぇ？」

それは良いことを聞いたと言いたげな結愛さん。

そういえば、怖がると同時に、怖がったと結愛さんに知られたらからかわれるって気丈に振る舞って見せていたような……しまった！

「そうね。じゃあ、ちゃあんと良いお土産選んできてあげるわね♪」

うわぁ……これは墓穴《ぼけつ》を掘《ほ》ってしまったようだ。

こうなったら、結愛さんを止めるのではなく、結愛さんの目の前に不気味な土産品が現れないことを祈るしかない。

「にしても、大きくなったわよね、求も」

「な、なんだよ、いきなり」

「だってさ、あのちんまかった従弟《いとこ》に、仕事押しつけて旅行に行こうなんて、ちょっと前までは考えられなかったもの」

結愛さんはそう言いつつ近寄ってきて、俺の頭を撫《な》でようと手を伸ばし……やめる。

「こういうのも、もう子供っぽいかな」

その声は、少し寂《さび》しげに響いて聞こえた。

いや、実際に寂しさを感じているのだろう。結愛さんの表情を見れば、それを隠す気がないのは分かった。

「年を取るって嫌ね。なんだか不意に昔を思い出しちゃうっていうかさ〜」

「家族ってそういうものでしょ」

「なによ、気でも遣《つか》ってるわけ？」

「俺だって……結愛さんと一緒にいると、もっと小さかった頃、早く大人になりたいって思ってたことを思い出すよ」

「ふふっ、アタシに憧《あこが》れてでもいたわけ？」

「憧れかぁ……そうかもね」

八歳ほど年上の結愛さんは、俺にとっていつも見上げてきた大人の見本だった。

しかもハイスペックでなんでもできるし、周りからも頼られているし、快活な性格で子供だった俺とも友達みたいに接してくれたし……こんな大人に俺もなりたいって思ったことは少なくない。

まぁ、成長し、色々知って経験していく中で、結愛さんは特殊な存在で、絶対なれないって気づきもしたのだけど。

「何よ。やけに正直というか、恥ずかしいこと言うわね」

「俺も寂しいのかも。だって従姉弟《いとこ》同士とはいえ、こんなに長い間ずっと一緒にいたなんて初めてだったしさ」

「それもそうねぇ」

これまでは会うときなんてせいぜい親戚の集まりとか、たまに遊びに行ったり、遊びに来たり。

両親が忙しいときとか、結愛さんが俺の世話をしに来てくれたこともあったっけ。

でも、せいぜい数日ってところだ。

今は毎日でなくても、バイトで週に何回も顔を合わせる。

正直、そんな状況に慣れてしまったのもあって、こうして直接話すのもすっかり当たり前に感じるようになった。

結愛さんの気さくで壁を感じさせない態度が、余計《よけい》にそうさせるんだろうけど。

だから、寂しいというのは正しくその通りだと思う。

「……まったく。顔に出てるわよ」

「うっ」

「求、大きくなっても、やっぱり変わらないところは変わらないわね」

「甘えてるって言いたいのかよ」

「んーん。家族想《おも》いの良い子ってこと！」

結愛さんは今度は遠慮なく、俺の頭を撫でつけてくる。

髪が乱れるのは一切お構いなしの、自分がしたいからする強引な撫でつけだ。

誰からも愛され、世渡り上手な結愛さんだけれど、俺にだけはこう、やっぱり色々雑というか、遠慮がないというか。

「まぁ、海外行くって言ってもすぐじゃないし」

「え？　そうなの⁉」

「当たり前でしょ。準備だってあるんだから。そう簡単に、ぴゅーっと行けるわけじゃないのよ？」

「準備なんてろくにしないで行き当たりばったりに行ってるイメージだけど」

「そういうときもあるわね！」

ふふん、とドヤ顔で笑う結愛さん。

そういうときもあるというか、彼女からの報告を聞く限りじゃ、大体いつもそうっぽいけどな。

「今行くと、それこそ大学の春休みだとか、卒業旅行だとかと被《かぶ》っちゃうじゃない？　なんか騒がしいのもやだしね」

「そういうものなのか……？」

京都とか、沖縄とか、修学旅行シーズンになると騒がしいから避けるみたいなのは聞いたことあるけれど、海外でもそういうのはあるんだろうか。いや、気持ちの問題？

「それに、せっかくならウェイトレス姿の朱莉ちゃんも見ておきたいじゃない！ていうか、看板娘を着飾りたい！」

「立つ鳥跡を濁《にご》していくパターンね」

「イグザクトリィ！」

朱莉ちゃんと結愛さんの二枚看板で集客する的なことも言っていた気がするけれど……まぁ、結愛さんの言うことがコロコロ変わるのはよくあること。

実際、朱莉ちゃんが来たら海外に行くのも先延ばしにするかもしれないし、行ったとしてもわりかし早く帰ってくるかもしれない。もちろん、その逆もある。

なんであれ、結愛さんの行動原理は「そのとき面白いと思ったことをやる」だ。

そういう意味じゃ、彼女の選択で最低でも彼女一人は幸せになっているからいいか。

「ちなみにぃ、朱莉ちゃんのコスチュームはアタシに決定権があるから、要望があるならご機嫌取っておいた方が良いわよ？」

「はあ⁉」

「もちろん、このお店のアンティークで隠れ家っぽいオシャレなイメージに合うって条件があるから、エッチなのは駄目だけど♪」

「い、言ってないだろ、そんなこと！」

というか、コスチュームってなんだ！？

ウェイトレス姿というのは、想像がつく……というか、うちは基本私服（もちろんT

POを弁えたもの）にエプロン姿で、制服なんてものはない。

「結愛さん、朱莉ちゃんで遊ぶ気だな……？」

「滅相もない！　アタシがやったら年齢的にキツいけど、朱莉ちゃんなら十分通用する

でしょ？　ほら、こんな写真もあるし」

ツッコミづらい自虐を交えつつ、結愛さんはスマホの画面をこちらに向けてきた。

そこに映るのは……文化祭のときの朱莉ちゃんだ！

「魔女っ子衣装、めっちゃ可愛いでしょ！　ここまで尖ってなくても、ベタにメイドと

か、そういうのでも十分映えると思うのよね〜」

「い、いや、この写真はどこから……？」

朱莉ちゃんが自分から送るとは思えない。かなり恥ずかしがっていたし。

まあ、女性同士のことだ。実際可愛いし、見せびらかしたくなっても変とは思わない

けれど。

朱莉ちゃん以外から結愛さんに写真が送られるとしたら……。

「みのりちゃんに貰《もら》ったの」

「やっぱり、あいつか――……！」

桜井《さくらい》みのり。朱莉ちゃんの親友で、魔女っ子衣装を着せた張本人。

あいつはこの前の夏の小旅行で結愛さんと繋《つな》がってしまった。

二人とも頭が回って、性格も大まかに見れば似ている。

だから、みのりは結愛さんが面白がると思って写真を送っていたのか……そしてまさにその目論見《もくろみ》は実りつつあるようだ。

「いや、でも、朱莉ちゃんの意志だって聞かないと……」

「ふふっ、あの子ならアンタのためって言えば喜んで着ると思うわよ？」

「俺のためじゃなくてお客さんのためでしょ⁉　しかも、いくら朱莉ちゃんが可愛い格好したって、今の雰囲気《ふんいき》が好きな常連さんとかは嫌がると思うし……」

「『朱莉ちゃんが可愛い格好』ねぇ？　まだどんな格好させるかも言ってないのに。もしかしてそれって、『俺の朱莉ならどんな格好したって可愛いに決まってる‼』ってのろけ？」

「いや、なんで一部だけ切り取るのさ！　それにそんなのろけ、全然言ってないし‼」

ああ、遊ばれている。

結愛さんがけらけらと、楽しげに笑っているのがその証拠だ。

楽しいこと第一な結愛さんにとって、俺の抵抗もまた、楽しい要素のひとつのようだ。

（まったく、敵《かな》わないな……）

そう改めて実感しつつ、春から加わるであろう朱莉ちゃんのことは、結愛さんが海外に行くまで頑張って守らなければ、と思うのだった。

◇◇◇

二月も終わりに差しかかり、後期休みも残り一ヶ月になった中、俺は突然の来訪者によって朝っぱらから市中を連れ回されていた。

――明日そっち行くから付き合って。

そう理由も言わずに一方的なラインを送ってきた翌朝、早速家まで押しかけてきたのは、俺の後輩であり、自称妹の桜井みのりだった。

「不動産の内見いくつかいれたから」

それだけ言って、みのりは寝起きの俺をすぐさま着替えさせ、有無《うむ》を言わさず外へと連れ出した。

とにかく状況を整理しよう。

みのりは今年の四月から、俺の通う政央学院《せいおうがくいん》大学への進学が決まっている。

当然俺の地元に住んでいるわけだから、実家から通うのは厳しく、一人暮らしをすることになる。

そのための内見にわざわざこっちに来ていて……なぜか、それに俺を連れ回しているわけだ。

「お昼、奢って」

しかも飯までせびってくる……別に良いけれど。

午前から二軒回り、朝飯も食べていなかった俺はようやく休憩できることとなった。

ちなみに午後からも数軒押さえているらしい。

「昼飯……パスタとかでいいか？」

「オムライス」

「は？」

「オムライスがいい」

どうやら姫はご所望の品があるそうだ。

直後ラインに店のリンクが届く。

確認すると、俺も名前を聞いたことがある、この辺りで有名な洋食屋だった。

店が決まっているなら俺としても気が楽だ。

「たぶん少し並ぶと思うけど、いいか？」

「うん」

最初から行くと決めていたようで、休日の混雑具合も調べられる程度では把握していたらしい。

内見の数といい、なかなか用意周到だ。

なのにどうして、俺への連絡は直前の夜だったのか……絶対もっと早く言えただろ。

そう文句を考えつつも、ぐっと飲み込む。

俺は年上で、大学でも先輩になるわけだしな。後輩には、大人の寛容《かんよう》さを以《もっ》て接してやるべきだろう。

……まぁ、生半可《なまはんか》な反論をしたところで、確実に倍返しされるのは目に見えて明らかだしな。

そんなこんなで、十分ほど並ぶことになったが、件《くだん》のオムライスは実に美味《おい》しかった。

ケチャップではなく、ホワイトソースを掛けたものが定番のようで、コクのある旨味《うまみ》と、ふわとろ卵の食感が絶妙に絡み合い、口の中で溶けて味だけが残る感じ。

正直なところ、もっと早く食べておけば良かった。とはいえ、男一人で洋食屋というのもなんとなくハードルが高い気がして……ラーメン屋や牛丼屋なら余裕なんだけどな。

まぁ、こればかりは機会をくれたみのりに感謝しよう。代金は俺持ちだけど。

「ふう」

そんなみのりは、食後のコーヒーを飲みつつも、僅《わず》かに疲れを感じさせる溜息《ためいき》を吐いていた。

ちなみにコーヒーはミルク入り、砂糖無しの俺と同じスタイルだ。

「にしても、随分用意周到だな」

「なにが？」

「今日のこと。内見もこんないくつも見る必要あるのか？」

「当たり前でしょ。女子の一人暮らしなんだから」

確かに女子は男子より考えなきゃいけないことが多いと聞く。

オシャレであることはもちろん、何より防犯性は高いに越したことがない。

さっき巡った二軒も、ベランダから侵入できないよう高層階の部屋だったり、オートロックがあって廊下には監視カメラもついているものだったり……さしものみのりとて、そういったことはちゃんと考えているのか。

「それに今の時期はアタシみたいに引っ越しする人も多いでしょ。良い物件はどんどんなくなるから、さっさと決めないと」

「じゃあさっきの二つから決めたらいいんじゃないか？」

「今日中の返事なら待ってくれるみたいだから、他を見ても変わらないし。ちゃんと比較して、良いところ決めないと」

みのりは呆《あき》れるように溜息を吐いた。

そりゃあ俺は、今住んでいるアパートだけ見て即決したけどさ。

「いくつも見ると、住んだ後に『やっぱりあそこにしておけばよかった』って後悔するんじゃないのか」

「……それらしいことを言う」

むすっと口をへの字にするみのり。

選択肢が増えれば増えるだけ、選ばなかった選択肢も増える。

立地、設備、それに家賃。全部が揃《そろ》った優良物件なんてそうそうあるものじゃない。

いくら比較検討しても、どこかで妥協する必要は出てくると思うけれど。

「アタシ、石橋は爆弾で爆破して渡るタイプだから」

「いや、それ石橋破壊されてんだろ」

「そう。疑うだけ疑って最終的にスルーする」

「冷やかしじゃねぇか」

いや、一人暮らしするならどうしたって借りる部屋を選ぶ必要はあるのだから、その理論は通用しない。

(随分機嫌良いな、みのりのやつ)

こいつは機嫌が良いとき、口が回るようになる。

普段言わない冗談も増えるし、今回なんてなんの意味もない言葉遊びを楽しんでいる。

まぁ、一人暮らしってのは中々の一大イベントだし、テンションが上がるのは分かるけどな。

「お前が一番求めてる条件ってなんなんだよ」

「駅近く、風呂トイレ別、高層階、フローリング、オートロック付き、宅配ボックス付き……」

「一番、多いな」

「あと家賃三万円以下」

「そんな物件あるわけないだろ！」

「ふふっ」

思わず、といった感じに笑みを溢《こぼ》すみのり。

やはり機嫌が良い。

「冗談だよ」

「本気で言ってたら俺はお前の評価を改めるところだった」

「まぁでも、一つ選ぶなら……求くんちの近くかな」

「え」

「意外でもないでしょ。信頼できる人が近くにいた方が、結局安心だし」

万が一のセキュリティ代わりってことか。

……ていうか、俺の家の近くに住みたいとか、信頼できる人とか、なんかみのりらしくない甘えるような態度に少し動揺しそうになる。

「だって、朱莉と一緒に住むんでしょ」

「あぁ、信頼できる人って朱莉ちゃんか……」

どうやら勘違いだったようだ。

なんだろう。すごくうぬぼれていた感じがして、めちゃくちゃ恥ずかしい！

「求くん、自分が頼られてるって思ったんだ」

そして、みのりは見逃さない。

にやっと口角を上げ、どこかバカにした感じで見てくる。

「そ、そんなんじゃないから。ていうか、別に朱莉ちゃんと一緒に住むわけじゃないし……」

「でも、一つ屋根の下でしょ」

「言い方によっては、そうだけど……」

「朱莉も親友甲斐《がい》のない。先にさくっと決めてるし」

「まぁ、あれはタイミングというか……」

みのりと同じく、政央学院大学への入学を見事に決めた朱莉ちゃんは、実のところもう住居を決めてしまっている。

みのりも本気で朱莉ちゃんに怒っているわけじゃないみたいだけど。

「朱莉は料理上手だから、お裾分けだってもらえるし。家事全般得意だから掃除も洗濯もお願いできるし」

「明らか便利に使おうとしてるな……」

「まさか。人生は助け合いだから」

「じゃあお前は代わりに何を返すんだ？」

「…………」

無視。

みのりは何事もなかったかのように、カフェオレを一口飲んだ。

「……ま、求くんでもなんとかなってたんだから大丈夫でしょ」

「どことなく棘《とげ》のある言い方だな……」

とはいえ、朱莉ちゃんがやってくるまでは家事もほとんどできてなかったのだから、あまり文句も言えない。

そして、そんなんでも普通に生活できていたことを思うと、人間なんとでもなるものだ。

「みのりは普段、料理とかしないのか？」

「たまにするよ」

「へぇ、意外だな」

「聞いておいて酷《ひど》くない？」

みのりは半目で溜息を吐く。

「一人暮らしするんだし、最近は暇《ひま》なときに練習くらいしてる」

先ほど友人に頼り切るような発言をしていたわりには、真面目に準備しているらしい。

「……真面目な話はいいよ。なんか疲れるし」

「それもそうだな」

俺的にはもう少し続けても良かったが、みのりが恥ずかしそう（あまり顔には出さないが）なので、勘弁してやることにした。

俺はこいつの先輩で兄貴分だからな。いくらからかわれたって、仕返ししたりはしないのだ。

「……なんか、むかつく」

そんな余裕のある態度も彼女からしたら面白くないようで、拗《す》ねたように呟《つぶや》いた。

そして、腹ごしらえを終えた俺達は、再びみのりが取り付けていた内見へと向かう。

その数……なんと、四!!

午前と合わせれば六つの物件を、たった一日で回り抜くという強行軍に、俺はもちろん、自らスケジュールを組んだみのりも相当憔悴《しょうすい》してしまっていた。

最後の方は歩きながらがっつり俺に寄りかかり、不動産屋からなぜか微笑《ほほえ》ましげな目で見られた。

そして、一日をかけた物件巡りの結果、みのりは結局一番最初に行った1Kの部屋を借りることに決めた。

オートロック付き、風呂トイレ別で独立洗面台付き、高層階ではないが三階の、フローリングの部屋だ。

家賃はそこそこだが高すぎず、中々に良い物件だと俺も思った。どうやらみのりも本命だからこそ朝一の内見にしていたようだ。

あと、俺の家から徒歩二、三分と近い……のは、まぁ、別段言及する必要はないか。

「なかなか良いところに決まったな」

「うん。でも家賃高めだからちゃんとバイトしないと」

「サークルとか入らないのか？」

「良い感じのところがあれば入るかもしれないけどね」

なんとも、入らなそうな返事だ。

「アタシも求くんのところでバイトしようかな」

「へぇ……いいんじゃないか？」

「え、意外な返事」

俺の対みのり観察眼的に、わりと本気のぼやきに聞こえたので、俺も真面目に返す。

けれど、みのり的には意外だったらしい。

「個人経営のこぢんまりとしたところなんでしょ。そんな雇《やと》う余裕ないんじゃない？」

多分、結愛さんから聞いたことがあるんだろう。あと、朱莉ちゃんが加わりそうということも。

確かにこれまでの感じだと、バイトは増やせて朱莉ちゃんまでだろう。

しかし、結愛さんが海外に行くとなれば話は別だ。

全員学生で、揃って毎日シフトに入るわけじゃないし、むしろ人数が増えることで結愛さんの抜けた穴を上手く埋められるかもしれない。

「もちろん、店長に相談して、面接した上でだけどな」

「ふーん……」

みのりはしばらく考え込むように黙りつつ、

「……まぁ、考えとく」

サークルの話のときよりもずっとポジティブな返事をした。

そんなこんなで、全ての手続きを終えた後にはもう外は真《ま》っ暗《くら》になっていた。

というか、もう晩飯時も完全に過ぎてしまっている。

「そんじゃ、今日はありがと。一応お礼言っとく」

う返した。

「一応て。……ていうか、こんな時間から帰るのか？」

不動産屋を出るなり、いきなりそんな別れの挨拶をしてきたみのりに、俺は思わずそ
今から地元に戻るとなれば、着く頃には十二時を超えてしまうだろう。

卒業間近とはいえ、高校生だ。そんな時間に一人で歩かせるのは普通に良くない。

「でも、泊まるのはお金がもったいないし」

「じゃあ泊まっていけばいいだろ」

「は……？」

まったく思いついていなかったのか、みのりは目を大きく見開いた。

「一晩泊まるのも渋るような度量もない奴《やつ》だと思ってたのか？」

「いや、度量とかじゃなくて」

みのりは困ったように眉間に皺《しわ》を寄せる。

なんというかこの感じ……動揺してる？

でも、彼女がこうもはっきり顔に出すのは珍しい。

「……あのさぁ」

けれど、そんな動揺はすぐに呆れ顔……いや、怒ったような顔に変化した。

「その提案はあまりに軽薄《けいはく》だと思うけど」

「え？」

「求くん、朱莉と付き合ってるんでしょ。なのに、他の女を家に泊めようなんて、彼氏としての自覚なさ過ぎ」

軽蔑《けいべつ》するような目。いや、本当に軽蔑されているのかもしれない。

そんな鋭い視線を、みのりは容赦《ようしゃ》なくぶつけてきた。

「まさか、こっちの方じゃそういうキャラでやってんの？　女相手なら、隙《すき》あらば食ってやろう、みたいな」

「そ、そんなわけあるかっ⁉　泊めようなんて、お前くらいだよ！」

確かに、朱莉ちゃんと付き合っている身で他の女子を家に泊めようなんて、非難を浴びても仕方がないと思う。みのりの指摘は全くその通りだし、俺も軽率な提案をしてしまったと思った。

けれど、彼女自身も言うとおり、みのりは俺にとってただの女子っていうより、妹みたいな存在で……少なくとも、こんな暗くなってから帰るのを黙って見送るわけにもいかない。

「……まぁ、うん」

泊めようなんてお前くらい、というかにもなナンパ文句のようなことを言ってしまったせいか、みのりは気まずげに目を逸《そ》らした。

そんなつもりは全くないのに、傷口がどんどん広がっている気がする……！

「いや、あの、誤解しないでくれ。でも、今から帰るのは本当に危ないって」

「……別に問題ないでしょ」

「外には危険がいっぱいなんだぞ！」

「なんで子供に言い聞かせるような口調なわけ？」

それは、つい思わず、以外に言いようがない。

「本当に、大丈夫だから。新幹線乗ったら、向こうでお母さんが迎えに来てくれるってなってるし」

「え、おばさんが？　でも、忙しいんじゃないのか」

「一応、仕事帰りだから」

「あぁ……」

みのりは母子家庭で、母親はとにかく仕事が忙しく、土日も遅くまで働いている。

だから迎えなんて意外だったけれど、たしかに遅い時間になれば逆にタイミングも重なるのか。

「……本当に大丈夫か？」

「えっちな求くんの家で一晩過ごすよりは安心でしょ」

「だから、下心なんて無いって……でも、そうだな」

みのりが信用できないなら、無理に泊めるわけにはいかない。

それに……やっぱり朱莉ちゃんに悪いっていうのもある。かなり。

「まぁ、でも、そういう向こう見ずな優しさも……好きだよ」

「え？」

「なんでもない」

ぼそっと、何か語尾を濁《にご》すように言いつつ、みのりは駅の方へと足を向ける。

「それじゃあ、求くん。またね」

「あ、ああ」

「それと……」

彼女はくるっとこちらを振り返り、薄《うっす》らと、彼女らしい綺麗《きれい》な笑みを浮かべた。

「四月から、またよろしく。せんぱい」

どこか懐《なつ》かしい、敬意をまったく感じさせないその呼び方に俺もついつい顔を綻《ほころ》ばせた。

中学で出会い、高校では疎遠《そえん》になっていた。

かつてはマネージャーで、今は俺の彼女の親友。

大学では、きっと高校の頃よりずっと親密に付き合っていくことになるのだろう。

そう思うと、四月からの楽しみがまた一つ増えた気がする。

（なんて、本人に言ったら、また下心だなんだって突《つっ》かれるんだろうな）

なのでこの楽しみは胸の奥に秘めつつ、みのりを駅へと見送り、俺も帰路へとつくのだった。

◇◇◇

三月ももうほとんど過ぎ去って、四月を目前に控えていた。

今年は例年に比べて気候も穏やかで、今まさに桜も満開を迎えようとしている。

そんな春に、新生活を迎える彼女を、やはり特別な存在なんだろうと思ってしまうのは、ひいき目が過ぎるだろうか。

そして、そんな今日、この日。

俺は朝からそわそわした気分で迎えていた。

「って、さすがに気が早すぎるよなぁ……」

俺はそう独り言を呟きながらも、つい狭い室内を落ち着きなくぐるぐると歩き回っていた。

「まだ十時か……順調に進んでいれば向こうを出たぐらいだろうから、こっちに着くのは昼過ぎかな？」

時計を見つつ、今日何度目かになることをまた考える。

かなり緊張していると自分でも分かった。

緊張するようなことじゃない、と自覚しているものの、それでも今日という日をずっと待っていたのだから、どうしようもない。

改めて部屋の掃除をしようか。いや、おもてなしの準備を再確認しておこうか。

いや、この後の予定をもっと綿密に詰めた方がいいかもしれない。

そう思い、足を止めた瞬間、

——ピンポーン。

部屋のチャイムが鳴った。

「あ……！」

心臓がばくんと大きく跳《は》ねた。

まさか、もう……？

「……いや、さっき、まだ来ないって考えたばっかりじゃないか」

一瞬動揺してしまったが、すぐに冷静になる。

きっと昴か、みのりだろう。

昴も手伝いに来るって言っていたし、みのりも……まぁ、冷やかしに顔を出してもおかしくない。

まったく、チャイムだけで過剰反応するなんて、俺も成長しないな。

彼女はいつも唐突に目の前に現れるけれど、今回は向こうのスケジュールだって把握しているんだから、そう警戒する必要なんかないんだ。

俺はちょっと勝った気分になりつつ、ドアを開けた。

「おはようございます。今日から隣に引っ越してきました、宮前《みやまえ》朱莉ですっ」

「……………え？」

ドアを開けると……そこにはいないはずの女の子が立っていた。

あの日……彼女が初めてここにやってきたときのように陽光を背負《せお》い、天使のように可愛らしい笑みを浮かべている。

違うのは、セーラー服姿ではなく私服を着ていること、それにメイクもしているみたいで、それだけで随分大人びて感じられた。

……って、しみじみ観察している場合じゃない！

「な、なんで朱莉ちゃんがここに……⁉」

「今日からお隣に引っ越してきましたので」

「いや、それは知ってるけど……」

俺が混乱していると、朱莉ちゃんはくすりと堪《こら》えきれずに笑う。

「ふふっ、サプライズ成功ですね」

「サプライズ？」

「荷物を出すのは、両親にお願いしたんです。私は一足早くこちらに来て、不動産屋さんで鍵を受け取ってきたというところです」

どうやら一杯食わされたようだ。もちろん、良い意味で。

驚きこそしたけれど、こうして会ってしまうと、会えた嬉しさの方が勝るから不思議だ。

四月から、朱莉ちゃんは大学生になる。

もちろん通うのは、志望校であった、俺の通う政央学院大学だ。

彼女の受験期は驚くほどすんなりと過ぎていった。

夏の不調や、クリスマスの一件があったおかげか、以降受験に対する不安による精神不調はあまり起きることなく、彼女は万全の状態で受験に臨《のぞ》み、合格し……そして、目標通り、特待生の枠《わく》を掴《つか》むことができたのだ。

そして今日。このアパートへと引っ越してきた。

偶然年明けに前の住人が出て行き、空室となっていた俺の隣の部屋にだ。

最初は、一緒に暮らすという考えもあった。

実際一ヶ月限定とはいえ、一緒に暮らして上手くいっていたのだから。

けれど、本格的に同棲《どうせい》するとなれば管理会社にもちゃんと通す必要が出てくるし、何より俺はまだ朱莉ちゃんのご両親にお付き合いしていることを報告できていない。

知らないうちに娘に彼氏ができているだけならともかく、勝手に同棲していたとなれば良く思われないだろう。

それに……。

『先輩の隣の部屋が空いてるなんて、とんでもない奇跡じゃないですか⁉　これはもう、神様が住めって言ってるんですよ！　奇跡ですよ‼』

朱莉ちゃんはその偶然がいたく気に入ったらしく、すぐさま不動産屋と交渉し、部屋を勝ち取ったのだ。

ある意味、同じ部屋に住むより、お隣同士に住む方がちょっと特殊な気がするのだけど……まぁ、いいか。

「ふふっ、先輩の部屋、あのときと変わりませんね」

そんな考え事をしている内に、朱莉ちゃんは俺の部屋に入って中を見渡していた。

そして、キッチンを見ると、悪戯《いたずら》っぽく微笑んだ。

「先輩、もしかして最近自炊されてます？」

「え？」

「キッチン、すごく手入れされていて。大事に使われているんだなって」

「さすが。実は少しずつね」

俺は少し面映《おもは》ゆく感じつつ、素直に頷《うなず》く。

朱莉ちゃんと一緒に過ごしたのがきっかけで始めた自炊も、最近は作って後片付けをする流れがスムーズにできるようになってきた気がする。

「ふふっ、では私も先輩に負けないよう頑張らないとですね」

「そんな、全然だよ」

いや、頑張っているとはいえ、とても朱莉ちゃんと比べるものじゃないし、朱莉ちゃんだってちょっとやそっとじゃ追いつかれない自信があるだろう。

まぁでも、一ヶ月一緒に暮らした分、そのときとの変化を知られるとなんとも恥ずかしいものだ。

特に自炊については、朱莉ちゃんと一緒に料理をしたことがきっかけで始めたものだし……なんか、気を引こうとしているみたいで。

「そうだ、せっかくなのでお昼ご飯作ってくれませんか？」

「い、いやいや！　人に出せるレベルじゃないよ！　それに……」

俺的にはやっぱり朱莉ちゃんのご飯が食べたいというか。

いや、まぁ、引っ越し初日に頼むことじゃないけれど。

「せっかくって言うなら、外で何かご馳走《ちそう》するよ。改めてこの辺りを紹介できるしさ」

「わぁ、いいんですか？」

「当然」

今日のために、ずっと準備してきたんだ。

朱莉ちゃんを連れていきたいところ、見せたいもの、一緒に歩きたい場所……そんなのいくらでもある。

そして、もっと、彼女と――

「せ、先輩……？」


朱莉ちゃんの驚いた声で気が付いた。

無意識のうちに、彼女を抱きしめてしまっていたことを。

受験という壁を乗り越え、有言実行して俺の傍《そば》に来てくれた朱莉ちゃん。

彼女が傍にいることが、こうして俺を見つめてくれていることが……こんなに嬉しく、愛《いと》おしく感じるなんて。

「ご、ごめん……！」

「いえ！」

俺は名残惜《なごりお》しさを覚えつつ、けれど本気で申し訳ないとも思って離れようとしたのだけど……朱莉ちゃんが、俺の背中に手を回し、それを止めた。

「私も……こうしていたいです」

「朱莉ちゃん……」

「先輩にずっと会いたかった。いっぱい、話したいことがあるんです。いっぱい、いっぱい！」

「俺もだよ。これから一緒にいられるのが、本当に嬉しい」

今度は時間制限はない。

今日も、明日も、来週も、来月も……きっと来年も。

朱莉ちゃんと一緒にいられると思うと、この温《ぬく》もりに触れられると思うと、なぜだかまぶたの奥から涙がこみ上げてきた。

「先輩……」

朱莉ちゃんはぎゅっと俺を抱きしめ返し、体を預《あず》けてくれる。

きっと彼女も同じ気持ちなんだ。そう伝わってくる。

今までは朱莉ちゃんと同じ時間を過ごすたびに、名残惜しいというか……いつかこの時間が終わってしまうのだと感じていたけれど、これからは違う。

今までよりずっと長く、俺達は同じ時間を生きていくんだ。

「先輩」

朱莉ちゃんが再び俺を呼んだ。

そして、俺達は同時に腕を解《ほど》く。

彼女は俺を上目遣いに見つめ、これ以上ないくらい美しく、微笑んだ。

「この春から政央学院大学に通います、貴方《あなた》の彼女の宮前朱莉です。これからよろしくお願いいたします」

彼女は改めて、丁寧にそう挨拶した。

――兄に言われ、借金のカタとして参じました。これからよろしくお願いいたします。

それは、初めて彼女がここにやってきたとき、たった500円の借金のカタとして挨拶をした、あのときの言葉を思い出させた。

とても奇妙なきっかけに、俺は最初ひどく混乱したっけ。

それも今となっては良い思い出……かは、ちょっと分からないけれど。

でも、きっと一生忘れることはないだろう。

「これからも、よろしく。朱莉ちゃん」

俺は心からの感謝を込めて、そう彼女に微笑み返した。

完

番外編

さよならセーラー服

「今日で卒業かぁ……」

教室の窓から外を眺《なが》めながら、私は思わず呟《つぶや》いた。

外では桜のつぼみが色づき始めている。

あの木々が満開を迎えるとき、私はもうここにはいない。

「今日で、卒業かぁ……」

卒業式が終わり、もうあとはここを去るだけ。

遠足は帰るまでが遠足って言うから、多分、高校生も家に帰るまでが高校生だ。

そして、そのあとは……。

「はぁ……」

自然と溜息《ためいき》が出てきた。

私にとって、高校生活は通過点。いつしかそう思うようになっていた。

大学を目指して、上を見上げて……けれど、いざこの日が来ると、きゅうっと胸が締め付けられる感じがする。

「今日で卒業――」

「うるさい」

「ぎゃっ！」

ビシッと頭を叩《たた》かれた。

一切容赦《ようしゃ》なく振り下ろされた手刀に、私は悲鳴を上げ縮《ちぢ》こまる。

「朝から何回言ってんの」

「……八回くらい？」

「数えてないけど絶対それ以上言ってる」

りっちゃんがうんざりしきった感じに言う。

おかしい。彼女も今日卒業のはずなのに、まるで全く寂《さび》しさとかそういうのがない。

「りっちゃんは名残惜《なごりお》しさとかないの⁉」

「ない」

バッサリ一言。

「三年もいたんだからもう十分」

「三年いたから名残惜しくなるんじゃないの……」

「朱莉《あかり》、早く大学生になりたいって何度も言ってたじゃん」

「それはそうだけどぉ……」

大学生になりたい。その気持ちはこの瞬間もまったく薄れていない。

でも、いざ終わるとなれば、どうしたって後ろ髪を引かれてしまうものなはず。

それは小学校でも、中学校でもそうだった。

「ていうか、高校残ったとしても、やることないじゃん」

「そんな具体的な話をしてるわけじゃなくですねぇ……あっ！　ほら、これ！」

私は今、まさに身につけている服を指さす。

「セーラー服はもう着れないよ！」

セーラー服を着れるのは現役の高校生だけ。

今日帰って脱いだら、きっとクリーニングに出して、そのままタンスの奥にしまわれることになる。

もしも再び着ていたら、それはもはや、ただのコスプレだ。

「……写真撮っとけば？」

「撮りますけども！」

私の訴えに、りっちゃんはちょっと怪訝《けげん》そうな表情を浮かべただけだった。

そんなりっちゃんをパシャパシャ連写する私。まったくポーズを決めてくれる気配はないけれど、どれも写真映りの良さがハンパない。

「ううう……りっちゃんがもっと可愛《かわい》くなかったら、もっと文句言えるのに……！」

「可愛さ関係なくない？」

りっちゃんはそう呆《あき》れ、大きく伸びをした。

これはりっちゃんの「そろそろ帰ろっかな～」という合図だ。

「え、もう帰るの？」

「残っててもやることないでしょ」

「みんなと写真撮ったり……」

「さっき撮った」

「あれ集合写真じゃん！」

卒業式も、その後の諸々《もろもろ》も終わって、確かにあとは帰るだけ。

今頃みんな、それぞれの思い出の場所を巡って記念写真を撮っているだろう。

ちなみに、私とりっちゃんは縁もゆかりもない目についた教室に入り込んで、休憩中という体《てい》だ。

みんな、一緒に写真撮ろうって言ってくれるんだけど、それが多すぎて……りっちゃんなんて、爆発寸前だった。

「写真なんて、三年間でいっぱい撮ったし。友達なら別に明日以降だって会えるし。今日だけに拘《こだわ》る理由なんかないでしょ」

りっちゃんはドライに、正論を言う。

こんな卒業式の日でも、彼女はやっぱり平常運転だ。

「りっちゃんは後ろとか振り返らないんだろうなぁ……」

「そんなことないけど」

りっちゃんはスマホから目を外し、窓の外を眺める。

でも、なんとなく、彼女が見ているのは外の景色じゃないって思った。

「後ろを振り返っても、時間は戻らないでしょ」

独り言のように、りっちゃんは呟く。

どこか、実感のこもった、諦《あきら》めたみたいな口ぶりだ。

「逆に早く進めって思っても変わらないし」

打って変わって、今度は文句を含んだような悪態《あくたい》をつく。

りっちゃんは同年代の誰と比べても大人っぽくて、高校生——子供って思われるのが、どこか窮屈《きゅうくつ》そうだった。

卒業の日になって妙な名残惜しさに襲われている私と違って、きっと、りっちゃんはセーラー服を脱げる日をずっと待ってたんだろう。

早く進めって思っても、時間は変わらない。

一瞬に思える楽しい時間も、永遠に続いて欲しいと思う幸せな時間も。

いつだって、一秒は同じ一秒。

（りっちゃんはカッコいいなぁ）

きっと、彼女はいつもそれを理解している。

怠《なま》けたり、ふざけたり、だらだらしてたり……いつだって自由気ままなりっちゃんに、だらしなさじゃなくて、大人っぽい余裕を感じるのは、きっとそのせいだ。

「……なんてね」

窓を背にして机に座り、今日限りのセーラー服を着て、ニヒルに口角を上げるりっちちゃんを見て、私は今この瞬間、カメラのレンズを向けていなかったことを後悔した。

◆◆◆

それから少し休んで、私は他の友達と合流。

教室とか、体育館とか、校庭とか、廊下とか……どこでも、なんでも、スマホのバッテリーが残り一桁パーセントになるまで、写真でもムービーでも撮りまくった。

ちなみにりっちゃんは先に帰った。薄情な親友である。

「じゃあね、朱莉！　また会おっ！」

「うん、じゃあね！」

私は校門から出ていく友達の背中を見送る。

一緒に帰れば良かったかなとも思ったけれど、ちょっと一人になる時間も欲しくて、教室に忘れ物をしたって嘘《うそ》を吐《つ》いてしまったのだ。

（高校生活、かぁ……）

高校生は青春のど真ん中。漫画でも、ドラマでも、高校を舞台にした青春もの、恋愛ものってたくさんある。

私も人並みに恋をして、念願叶《かな》ってずっとずっと片想《かたおも》いしていた先輩とお付き合いできることになった。

けれど、先輩とお付き合いできるきっかけを作れたのは、先輩が高校を卒業したあと。

私の高校生活がほとんど終わりに近づいた、三年の夏休みだった。

それからめまぐるしく、私の人生の中でも一番と言っていいほど濃密な時間を過《す》ごして……正直、高校の思い出のほとんどがそこに凝縮されていると感じる。

十年後、二十年後に思い出す高校生活は、ここなんだろうなって。

（そういう意味じゃ、ちょっともったいなかったかも）

一年と二年は、ずっと先輩の背中を眺めるだけだった。

三年の最初は、何もできなかった自分を責め続けた。

楽しいことはたくさんあったけれど、それでも苦いイメージが大きい。

もしも、憧《あこが》れも後悔もなかったら、もっと青春っぽい高校生活を送っていたんだろうか。

「……なんて、りっちゃんにまた呆れられちゃうな」

私自身、後悔をたくさんしてきたから、りっちゃんのカッコよさには憧れてしまう。

けれど後悔していたから、先輩に一途《いちず》になれた。

後悔が、私に力をくれた。

今感じているこれは後悔とは少し、違うかもしれないけれど……でも、いつかのとき、私に力をくれるかもしれない。

だから……。

——パシャッ!

校門の前から、校舎を撮る。

誰も写っていない、もう数人の先牛しか残っていないだろう学《まな》び舎《や》は、大きくて、静かで、少し寂しげに見えた。

私の人生はもう、ここにはない。

これからは新しい場所で、先輩と幸せを探していく。

でも、私がここにいたっていう足跡が、消えることは決してない。

(卒業は、終わりだけれど、同時に始まりでもある)

祝辞とかでよく使われる言葉……今日も誰かがそう言っていた気がする。

でも、それは高校生活に注目した話であって、それ以外にも私の人生においては何かが続いていて、不意に始まったり、終わったり……そういうのを繰り返していて。

私の人生は、これからどうなるんだろうか。

今目に見えている通り、幸せ一色なんだろうか。

それとも、何か予想だにしない困難が待ち受けているんだろうか。

高校生じゃなくなって、一人暮らしも決まって。

少しずつ、大人に近づいて。

同時に、今みたいに誰かに見守られたり、守られることが減っていく。

今日卒業した人の中には、春から社会人として働く人もいるわけだし……望む望まないに拘《かか》わらず、もう子供じゃいられない。

不安がないと言えば嘘になる。

けれど、ここで培《つちか》った経験、紡《つむ》いだ思い出、抱えてしまった後悔。

それらがセーラー服を脱いだあとも、消えることなく私を助け、支《ささ》えてくれるって分かっているから、私は怖がることなく、前に進める！

「今までありがとうございましたっ！」

私は校門を出て、校舎に向かって礼をした。

そして、校舎を背に歩き出す。

振り返らず、前に、前に。


私の物語は続く。

これからも。

あの人と、共に。

あとがき

『友人に500円貸したら借金のカタに妹をよこしてきたのだけれど、俺は一体どうすればいいんだろう5』をお手にとっていただき、誠にありがとうございます。

作者のとしぞうです。

本作は第1巻が2021年9月30日に発売され、それからほぼ二年間の続巻刊行を経て、この度第5巻にして、本シリーズの最終巻の刊行に至りました。

作家として出版業界に携わる中で、一つの物語を完結させるというのは、当然とされつつも、とても難しいことだと知りました。

スランプなどの理由で続きが書けなくなる以外にも、作家が続きを書きたくても出版社側が打ち切りの判断を取る場合もあります。

そんな中、この『友人に500円貸したら借金のカタに妹をよこしてきたのだけれど、俺は一体どうすればいいんだろう』を完結まで描けたのは、他ならぬ、応援してくださった読者の皆様のおかげです。

本当にありがとうございます。

さて、本巻では4巻で描いた秋口頃から少し時間が進み、冬を舞台に物語を描いております。

その理由は当然、ラブコメであれば避けては通れないイベントであるクリスマスが控えていて、そこで求《もとむ》と朱莉《あかり》の関係をもうひとつ進めたいという思いもありました。

ただ、それ以上に、夏から春までの間、二人の物理的な距離が離れることで生じる不和を、なんとしても描いておきたかったからです。

求と朱莉は、朱莉からの長い片想いがあったとはいえ、夏休みの一ヶ月で、急激に距離を詰め、付き合うに至っています。

友情でも恋愛でも、例外こそあれ、急激に距離を詰めると、冷めるのも一瞬なんていいます。今、二人の関係はまさにそれで、夏休みという短い期間で築いた関係であり、さらに恋愛の甘い部分ばかりを味わってきています。

そんな状態のままでは、「この二人はちょっとした亀裂《きれつ》が入ったとき耐えられるのか」という疑念を残してしまうと思うのです。

だからこそ、すれ違いや誤解を描き、解決し、「まぁ、なんやかんやこれからもあると思うけれど、どうせこいつらは幸せに生きていくんだろうな」と思ってもらえるのがベストな終わり方じゃないかなと考えたわけです。

500円で始まった関係も、ここまで育ったんだぞ、と。

……まぁ、そんなちょっと亀裂が入りそうなイベントも、この作品らしく、ちょっと情けなくばかばかしい雰囲気でお送りさせていただいておりますが（笑）。


さて、完結に伴いまして、改めて関係者の皆様にお礼を申し上げます。

まずは、本シリーズにて1巻から5巻までイラストをご担当くださった雪子様。

朱莉を始め、本作のキャラクター達を魅力的に、コミカルに、可愛くカッコよく描いていただき、ありがとうございました！

そして、本作のコミカライズを担当くださった金子《かねこ》こがね様。

本巻が発売される頃に同じくコミカライズも完結を迎えますが、毎話、とてもコミカルで、可愛らしい漫画にしていただき、ありがとうございました！

本作を書く中で、絵の強さというか、文章ではなかなか伝えづらい表情やキャラクターの魅力も一発で伝わるのが頼もしく、ライトノベルという媒体に携われて良かったなぁと感じました。

私自身、どんなイラスト、どんな漫画が生み出されるのかと楽しみにしていて……お二方の今後のご活躍も、切にお祈りしております。

また、5巻までの刊行を許してくださったファミ通文庫様にも深くお礼申し上げます。

ご担当くださった編集者様には1巻から一貫してご担当いただき（激熱ギャグ）、アイディアをいただいたり、マズい表現があった際は指摘いただいたりと、大変お世話になりました。

誰かに監督してもらえるというのは、個人的にはかなりありがたく、だからこそ攻めるべきところを攻められたので、やっぱり誰かに確認してもらうのは大事だなぁとしみじみ感じました。

そして改めてになりますが、ここまでついてきて、応援くださった読者の皆様。

本当に、本当にありがとうございます！

普段から各所のレビューを拝見し、喜んだり、悲しんだり、心を揺らされていた私ですが、本を買ってくださる皆様の存在が何よりも力になっていました。

皆様にとって本巻、ならびに本シリーズが期待に沿うものであれば嬉しく思います！

この『友人に500円貸したら借金のカタに妹をよこしてきたのだけれど、俺は一体どうすればいいんだろう』は終わりを迎えますが、今後も作家として、皆様に物語を届けられたらと思っています。

本作からもらった経験、達成感、後悔を連れて、より面白い作品を書けるよう精進して参りますので、また巡り会えた暁には、軒先に寝そべる老犬の如《ごと》く優しくなでていただければ幸いです。


それでは長くなりましたが、そろそろあとがきを閉じさせていただこうと思います。

自分にとって、『友人に500円貸したら借金のカタに妹をよこしてきたのだけれど、俺は一体どうすればいいんだろう』はかけがえのない、代表作とも言える作品になりました。

そんな作品を完結させるのは寂しくも嬉しいことです。

自分にとっては当然ですが、どうかこの作品が関係者や読者のみなさまにとっても、いつまでも心に残る作品であることを祈っています。


皆様、本当に、本当に、本当にありがとうございました!!

完結
おめでとう
ございます!
セーラー服も
猫きおさめ。

■ご意見、ご感想をお寄せください。……………………………………………

ファンレターの宛て先
〒102-8177　東京都千代田区富士見2-13-3　ファミ通文庫編集部
としぞう先生　　雪子先生

FBファミ通文庫

友人《ゆうじん》に500円《えん》貸《か》したら借金《しゃっきん》のカタに妹《いもうと》をよこしてきたのだけれど、俺《おれ》は一体《いったい》どうすればいいんだろう5

1823

2023年8月30日　初版発行

◇◇◇

著　　者	としぞう
発 行 者	山下直久
発　　行	株式会社KADOKAWA 〒102-8177 東京都千代田区富士見2-13-3 電話 0570-002-301（ナビダイヤル）
編集企画	ファミ通文庫編集部
デザイン	RevoDesign
写植・製版	株式会社スタジオ205プラス
印　　刷	凸版印刷株式会社
製　　本	凸版印刷株式会社

●お問い合わせ
https://www.kadokawa.co.jp/（「お問い合わせ」へお進みください）
※内容によっては、お答えできない場合があります。
※サポートは日本国内のみとさせていただきます。
※Japanese text only

ISBN978-4-04-737582-6 C0193

定価はカバーに表示してあります。

魔王のあとつぎ

著者／吉岡剛
イラスト／菊池政治

【魔王】の座は私が受け継ぐ!!

「【魔王】を受け継ぐのは私しかいない!!」高等魔法学院の前で宣言するシャルロット。幼馴染のオクタヴィア、マーク、レインと騒がしくも楽しい学院生活を送る中、褐色肌の美少女ティナが転入してきて……。